名前のない怪物
蜘蛛と少女と猟奇殺人

黒木京也

JN243267

宝島社
文庫

宝島社

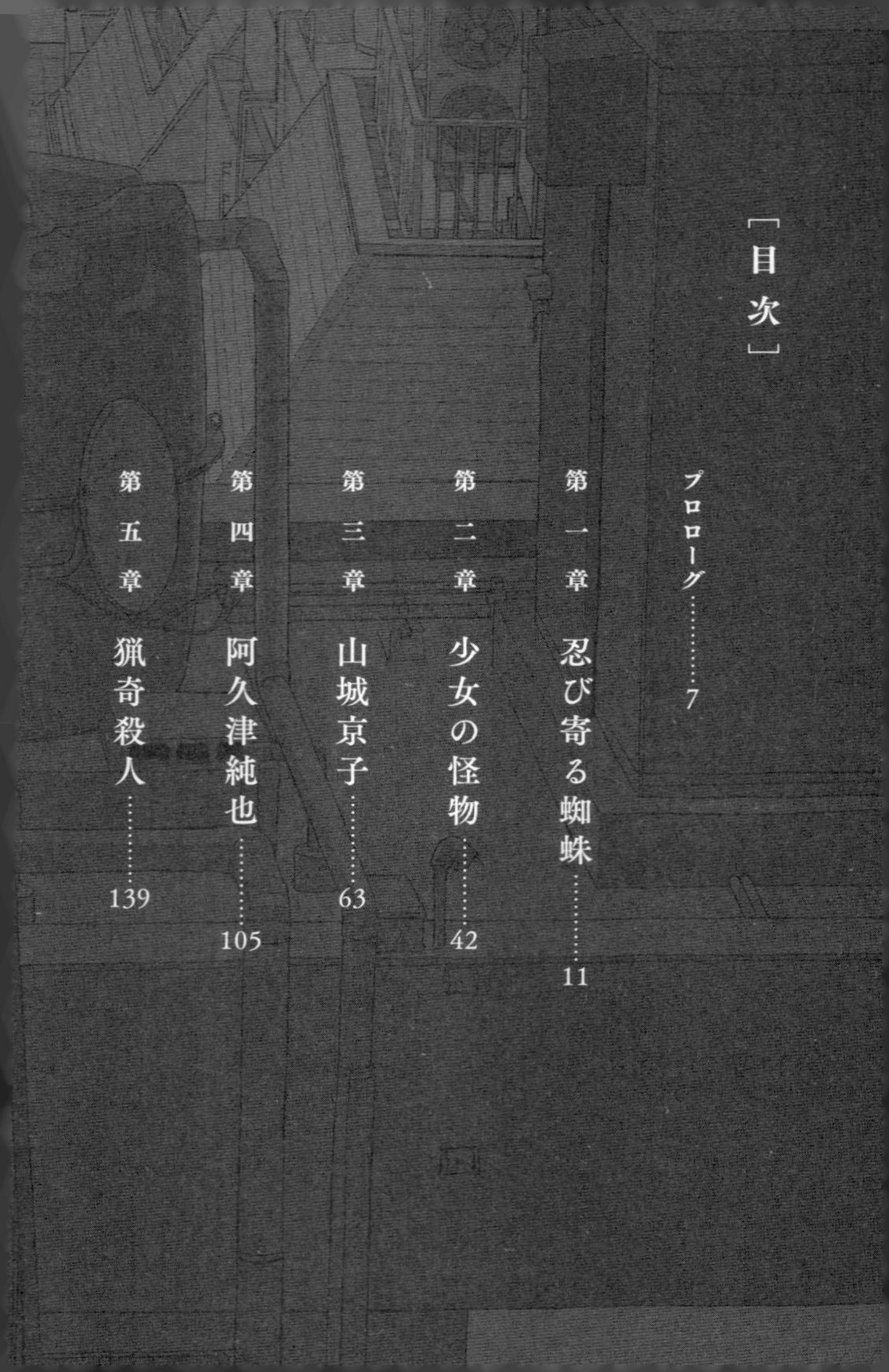

目次

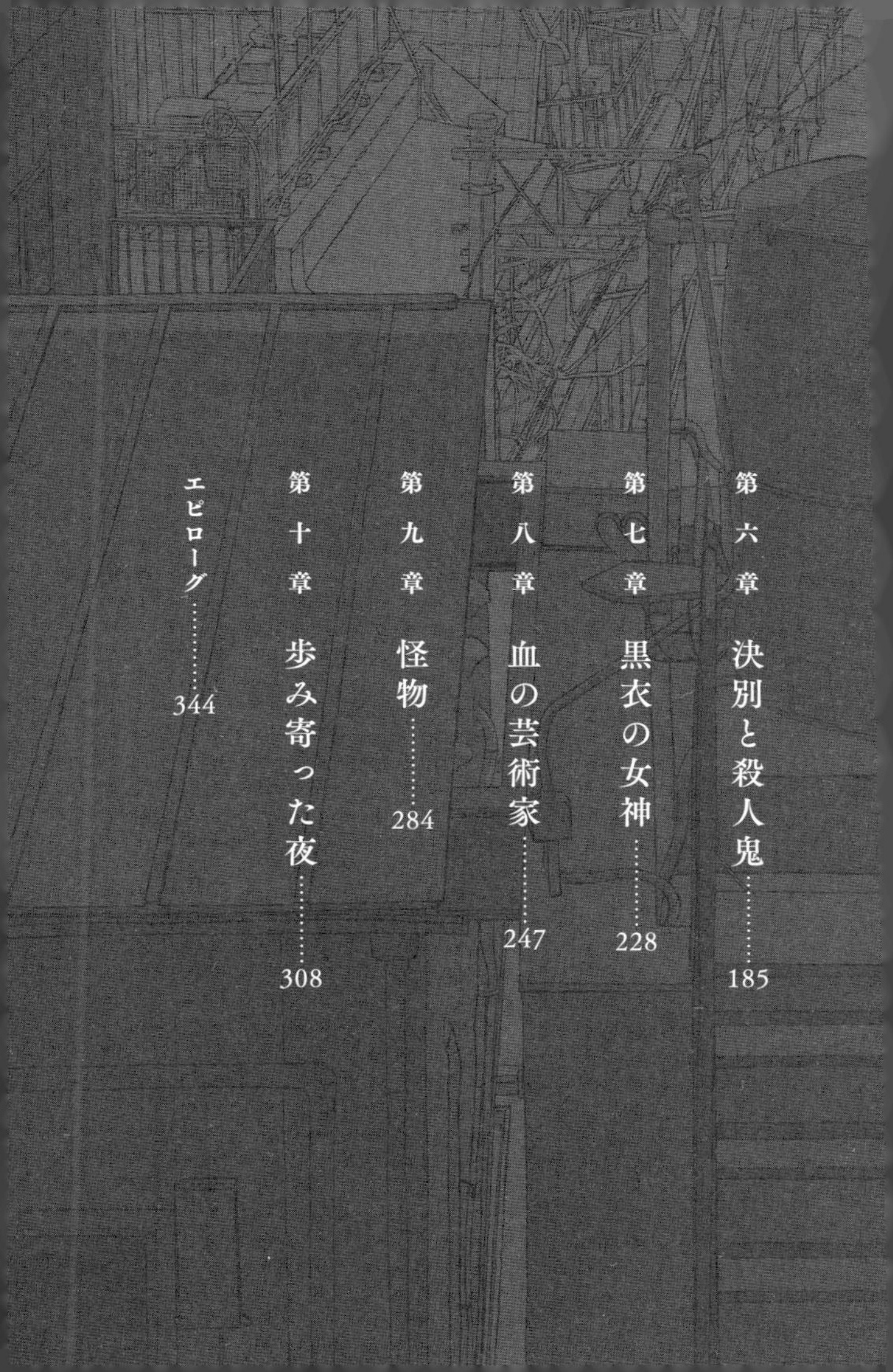

名前のない怪物
蜘蛛と少女と猟奇殺人
黒木京也
Kyoya Kuroki
宝島社

プロローグ

崩れかけ、廃墟も同然となった病棟の地下室で、僕はカビ臭い床に力なく座り込んだ。

古びた研究レポートを持った手が震えている。恐れていた事態が、現実のものとなってしまった。

もう僕にはどうすることもできないだろう。

底知れない絶望感に苛《さいな》まれながら、いつのまにか荒くなっていた呼吸を整え、再び祈るような眼差しでレポートに目を通す。

そこには覆《くつがえ》ることのない、残酷な運命が記されている。

知りたかった。でも知らなければよかった。そんな相反する行き場のない感情が渦巻いていき。気がつけば、僕はレポートを握り潰《つぶ》し、壁に叩きつけていた。

乾いた音が薄暗い地下室にエコーする。だが、それで何かが変わる訳もなく。結局僕に許されたのは、無様《ぶざま》に嗚咽《おえつ》を漏らしながら己《おのれ》の行く末を嘆くことだけだった。

「こんなの……あんまりだ……」

レポートの中身は、それこそ錯乱した研究者が衝動的に書きなぐったかのよう。

普通の人が見たとしたら、「妄想ですか?」と、鼻で笑うのは間違いない。

だが、悲しいかな。そのふざけた内容に該当する出来事を、僕はほとんど知っていた。

勿論知識として習得していたわけではない。あくまでも自分自身の経験が積み重なったもの。

それがまるでジグソーパズルのピースのように、収まるべきところへとはまり込み、ここに記されているのは真実だ。と、僕の脳内で主張していた。

わかっては……いたのだ。〝あいつ〟は僕の手に負えない。そうわかっていたのに——!

僕がそんな独白を漏らした時。ドアの向こう側——。廊下の奥から微かに足音が聞こえてきた。

それはしだいに大きくなり、やがて、僕がいる地下室の入り口で静止する。

微かに興奮したかのような息遣《いきづか》いを感じる。それだけで、このドア越しに何がいるのかを僕は悟《さと》った。

〝あいつ〟が来たのだ。

低い音を立ててドアが開かれる。

現れたのは少女だった。腰ほどまで伸びた、艶《つや》やかな黒髪。前髪は切り揃えられ、その不気味なまでに整った顔立ちも相まって、まるで日本人形のよう。黒いセーラー服に身を包み、スラリとした脚は同じく黒いストッキングで覆われている。そんなことごとく黒を強調した格好とは対照的に、その肌は病的なまでに白い。キメの細やかさは、冷たい陶磁器を思わせた。


美しい少女だった。

血も心も凍りつくような、美しい少女だった。


少女は、僕のいる地下室に入るなりキョロキョロと室内を見回し始めた。まるで迷子の子どもを思わせる仕草。確認するまでもない。僕を探しているのだ。

やがて、闇の底を思わせる深い漆黒《しっこく》の瞳が、部屋の隅に座り込んでいた僕を捉《とら》えて――。その瞬間、僕の覚悟は決まった。

少女がこちらに近づいてくる。

再び響き始めた足音を聞きながら、僕はゆっくり顔を上げた。地下室のぼんやりとした明かりが、少女の白い顔を照らしている。距離が近づくと共に地下室の臭いに花のような香りが混じり始めて、それが僕の鼻を。心すら侵《おか》していく。

ここまで来るのにいろいろとあった。だけど、特に思い出されるのは、やはり少女と初めて遭遇《そうぐう》した、あの夜のことだった。

あの日僕は恐怖し、魅了され、そして捕らえられた――。きっとそうなった時点で、僕と彼女はこうなる運命だったのだ。

「できるだけ……優しくしてくれると嬉しいな」

僕の情けない訴えを、果たして少女が理解できているのかはわからない。

でも、普段は完全に無表情を貫く彼女は――。美しい『名前のない怪物』は、妖艶《ようえん》に、それでいて確かに幸せそうに微笑んで……。ゴクリと、御馳走を前にしたかの如《ごと》く喉を鳴らした。

第一章

忍び寄る蜘蛛

不意にカサリという音が聞こえ、微睡《まどろ》みかけた意識が現実に引き戻される。講義のレポートでほどよく疲れた身体を休めるべく、ベッドで横になってすぐのことだった。

風の音かと思ったが、小さな物音は外ではなく、どうやら僕の部屋からしているらしい。

大きくもないが、かといって小さすぎもしないその異音に、僕は無意識のうちに眉《まゆ》を顰《ひそ》めていた。

ゴキブリだろうか。いや、音の大きさからして、鼠《ねずみ》かもしれない。

部屋は綺麗にしているから、入ってくる要素はないのにな。そう内心でぼやきながら、僕はベッドの上で仰向《あおむ》けに寝返りをうち、そのまま、しばらくの間耳を澄ます。

音はまったく止《や》む気配がなかった。安眠妨害になりうる絶妙な間隔で耳に入ってくる。はっきり言って、鬱陶《うっとう》しいことこの上ない。

「……あー、もう」

億劫《おっくう》な気分を抑え込みながら、僕はベッドから静かに起き上がった。

電気を点《つ》け、部屋の片隅から新聞紙を引っ張り出す。それを棒状に丸めてから、部屋をゆっくり見回した。……何も、いない。

続けて見慣れた白い天井を見上げてみる。相手が鼠ならばともかく、ゴキブリならば這い回れるだろう。しかしそこにも生物の影はなかった。

残るは本棚にクローゼット、あるいはベッドの下だろうか？　そう僕が考えたその矢先、再び何かが擦《こす》れるような音が、僕の真後ろから聞こえた。

新聞紙を握り締める力が自然と強くなる。慎重にその場で振り返り、音の発生源を――。ベッドのすぐ上に備えつけられたエアコンを睨《にら》んだ。あの中らしい。

丸めた新聞紙を持ったまま、音を立てないよう部屋のテーブルに近づく。ペン立てをまさぐり、そこからプラスチック製の物差しを引っ張り出した。

恨《うら》みはない。けど、僕はさっさと寝たいのだ。

大きく深呼吸した後、僕は手にした物差しをエアコンの噴出口に勢いよく差し入れた。

出てこい、ほら、出てこいとばかりに何度か出し入れし、そのまま流れるように真横にも動かしてみる。だが、手応えはない。はて、と思いもう一度耳を澄ませてみると、物音はパタリと止んでいた。

逃げたのだろうか？　あるいはエアコンの中で潰れて……。そこまで想像したら何だか気持ち悪くなり、思わず「うげ」という声が漏れる。

一応もう一度、カチャカチャと物差しを動かしてみるが、反応はなし。どうやら本当にいなくなってしまったようだ。安堵《あんど》の息をつきながら、僕はエアコンからそっと物差しを引き抜いて……。

違和感を覚えたのは、その時だった。

「……ん？」

引き抜いた物差しを何気なく見る。それはさっきと見た目が様変わりしていた。

何かが……こびりついていたのだ。

白にも、銀色にも見える〝ソレ〟は、エアコン内部の埃《ほこり》なども引き連れて来たようで、えらく汚れている。だが、それ以上に僕の目を惹《ひ》きつけたのは、それが、明らかに粘性《ねんせい》をもっていることだった。

「何だこれ……？」

思わずソレを凝視する。どこかで絶対に見た気がする。そんな奇妙な既視《きし》感を覚えながら、僕はそっと謎の物質に指で触れてみた。

絡みつくような手触りが僕に不快感を与える。

少しだけ鳥肌が立ち、いっそもう物差しごと捨ててしまおうかと思い始めた頃。再びカサカサカサッという音が僕の耳に届いた。

頭上。それも……またエアコンからだった。

導かれるかのように顔を上げる。そして――、僕はそれを見てしまった。

「う、わ……」

思わず、呻《うめ》きにも似た声が漏れた。

エアコンの噴出口から、黒くて長い何かがはみ出していたのである。

髪の毛ではない。それだけはすぐにわかった。あれは……脚。そう、脚だ。

僕は瞬時にそう直感した。不気味な虫の脚が四本。空を掻《か》くように蠢《うごめ》いている。

目測だが、三十センチはあるだろうか？　太さは人間の指と同程度。更に先の方には鋭い鉤爪《かぎつめ》のようなものがあり、そのフォルムに凶悪さを加味させていた。

唾《つば》を飲む音がやけに大きく聞こえる。気づけば僕は、手にした物差しを力強く握り締めていた。

大きく深呼吸し、未だに何かを掴もうとするかのように蠢く、黒い脚を睨む。

黒い脚が続く先――エアコンの奥には何も見えない。だが、そこには確かに何かがいる。

こちらを窺《うかが》っているのか？　それとも脚を闇雲《やみくも》に動かしてもがいているだけなのか

はわからない。だが、少なくともあれは作り物の動きではない。間違いなく生きていた。

「蜘蛛《くも》……なのか？」

思わずそんな独り言が漏れる。信じがたいが、該当しそうな虫はそれくらいしかいない。そう考えてみれば、さっきのネバネバした物質は、蜘蛛の糸だったのだろう。

脚の動きは、ますます速くなっていく。

まるで手招きするかのようなその動きに、僕は呆然《ぼうぜん》と立ち尽くしたまま、ただ見ていることしか出来なかった。

こんなに大きい蜘蛛は見たことがないし、聞いたこともない。だが、それならば目の前にいる存在をどう説明すればいい？　何度も頭の中で自問自答すればするほど、身体は金縛りにでもあったかのように固まっていった。

どれくらいの時間が経っただろうか？　永遠に続くかと思われた、その脚との無言な対峙《たいじ》は、脚の方がゆっくりエアコンの中へ戻っていくことによって、ひとまずの終わりを迎えた。あとには、耳障りな異音だけが部屋に残された。

立ち竦《すく》む僕の目の前で、存在を主張するかのような身動《みじろ》ぎの気配がする。だが、それもまた少しずつ小さくなっていき、最後には「忘れるな」と言い残すかのようにエアコンの壁を一際強めに引っ掻いて。やがて、静寂が戻ってくる。

今度こそいなくなった？　――いや、違う。

一瞬過《よぎ》った、楽観的な考えを僕はすぐさま否定する。

あのサイズでエアコンから出られるわけがない。恐らくあの蜘蛛は、あの中で息を潜《ひそ》めているのだ。

一人暮らしの部屋に僕と、謎めいた何かが存在している。その奇妙な状況が、どうにも落ち着かなかった。

呼吸はいつの間にか荒くなり、手は汗ばみ、心臓が物凄い勢いで早鐘《はやがね》を鳴らしている。

一歩たりとも動けなかった。手を出せばマズイ。そんな予感がしたのである。

「何なんだ……？　お前は？」

蜘蛛を相手に通じるはずもないのに、僕は思わずそんな問いを投げ掛ける。

当然ながら返答はない。ただ、無音の空間がその場を支配するのみ。

そこで初めて、僕は身体が震えていることに気がついた。

虫は平気な人間だ。そのはずだったのに。僕は今、確かに目の前の存在に恐怖していたのである。

※

「ひどい顔だ……」

洗面台に立つなり、そんな感想が漏れる。

結局、蜘蛛の脚が衝撃的すぎたのが原因で、僕はあれからほとんど眠ることが出来なかった。

だが、それも仕方がなかったとは思う。あの心臓を鷲掴《わしづか》みにされたかのような、何とも表現しがたい戦慄《せんりつ》は……そうそう身体から抜けてはくれない。昨夜の経験は、まさに未知なるものとの遭遇だった。

洗面台を離れ、すぐ脇のキッチンに移動する。

トースターにパンをセット。その最中、恐る恐るドアの隙間から件《くだん》のエアコンを見た。

そこは昨晩から物音一つなく、怖いくらいに沈黙を保ったまま。本来ならばそれが正常なのだが、今はそれが逆に不気味だった。

今にもあの暗い噴出口から、黒くて長い脚が伸びてくるのではないか？　そんな気がしてならなかったのだ。

そこで甲高い電子音が耳に届く。急くようにトースターから焼きたてのパンを取り出せば、芳《こう》ばしい香りが僕の鼻をくすぐった。

そのまま手際よくトーストにブルーベリージャムを塗りながら、片手で食器棚からマグカップを引っ張り出し、それをキッチンカウンターに置く。

何時もはカップを温め、豆を挽《ひ》いてコーヒーを淹《い》れるのだが、今日は気分が乗らないのでインスタントにした。

朝食を手に、足早にリビングへ移動する。

僕の部屋は昨晩の静かな騒動が嘘だったかのように、いつも通りだった。

リビングに入って、前方――。部屋の中央には食事兼勉強用の小さなテーブルが置かれ、そのすぐ後ろにベッドが鎮座《ちんざ》している。

ベッドとテーブルを挟んだ空間には、小さなラックとスタンドライト。

テレビの右隣には壁一面に本棚が並べられており、その一部のスペースは本ではなく、自分の趣味でもあるコーヒーへの嗜好《しこう》――。それらをバックアップするコーヒーセット達が並べられている。

台所からリビングに入って、パッと目につくのはそれくらい。ゲームなどの娯楽品もない。生活に必要な最低限のものだけがある、簡素な部屋だと自分でも思う。

あまり物を持つのは好きではないので、これくらいがちょうどいいのだ。

「いただきます」

ベッドを背にして、テーブルの前に腰掛ける。食事や勉強をする定位置にて食前の祈りを捧げつつ、そのままテレビを点け、ニュースの確認。これもまた、日々の習慣である。


政治家の汚職。

芸能人のスキャンダル。

重機を使用した猟奇殺人。

借金返済を苦にした会社員の銀行強盗事件。

鷲尾《わしお》大学の教授、未だに行方不明。


ありふれたものから、物騒なものまで目白押しだ。それを僕は無感動に眺めながら、黙々とトーストを咀嚼《そしゃく》する。ブルーベリーの爽《さわ》やかな味が、疲れた身体に嬉しかった。

その傍《かたわ》ら、マグカップに淹れた温かなコーヒーを胃に流し込むと、寝起きの身体をほぐすような苦味が、全身に行き渡る。

心地いい感覚に、僕は暫《しば》し昨夜の出来事を忘却し、酔いしれていた。

焼きたてのパンとコーヒーの香りが大好きな僕には、まさに至福の朝食だ。だが、その穏やかな時間は、背中を走る、こそばゆい謎の感触によって、バッサリと切り落とされた。

「はぇ?」

思わず変な声が漏れる。それくらい唐突な出来事だった。

今のは、指? 誰かに背中をなぞられた?

そう認識した時、僕の身体は弾けるようにその場から飛び退《の》いていた。

後ろを振り返るが、何もいない。当然だ。ここは僕しか住んでいなくて……。

「……ん?」

その時だ。ふと、妙なものが目に留まった。

枕とその側面の壁の間。そこにネットのようなものが見えたのだ。

当然ながら、僕に心当たりはない。首を傾《かし》げながら、もっとよく見ようと顔を近づけて……。

直後、僕は危うく悲鳴をあげそうになり、慌てて口を押さえた。

枕元の何か。それは紛《まぎ》れもなく、蜘蛛の糸——否《いな》、蜘蛛の巣そのものだったのである。

「……ひっ」

少しの間、呼吸が停止した。

巣を形成する蜘蛛の糸は、枕のすぐ横の壁から斜めに何本も伸び、絡み合っている。

それはちょうど僕が眠り、頭を預けていた枕のすぐ横で歪《いびつ》な紋様を描いていた。

直径は約四十センチ程。大型の蜘蛛が作るような、しっかりとした造りだった。もし僕が壁側に寝返りをうっていたら、朝起きた僕の顔面は蜘蛛の巣だらけだったに違いない。

だが何よりも僕を戦慄させたのは、〝巣が枕元に存在している事だった〟。

それは、僕が僅《わず》かに微睡んでいた時に、すぐ傍《そば》で蜘蛛が巣を作っていた。という、恐るべき事実の証明に他ならない。

無意識に歯を食い縛りながら、エアコンの噴出口を見る。

噴出口の奥は、やはり何も見えなかった。

あの蜘蛛は……今もエアコンの中に潜んでいるのだろうか？

いや、枕元に巣が作られていたということは、少なくとも一度あの中から出て来ているはずで……。

その情景を頭に浮かべる。ありえるか？　脚だけ見てもかなりの大きさだったはずだ。一体どうやって？

疑問が次々と浮かんでくる。しかし、それでもこうして動かぬ証拠が出てしまっている事実に対しては、明確な答えが出せなかった。

加えて、ついさっきの、なぞるような。いや、何かが這うような感触は……。

僕は思わず部屋中をくまなく見渡した。嫌な想像が頭を支配する。

指だと思ったのは、奴の脚ではないのか。奴はもしかしたら、今も僕をどこかから見て……。

「……バカ。そんなわけないよ」

自分で自分の額《ひたい》を指で揉み込み、落ち着け落ち着け……と、何度も言い聞かせる。大きいかもしれないが、たかが蜘蛛だろう。二十歳にもなる大の男が何を取り乱しているのだろう。

僕は大きく深呼吸してから、そっと胸に手を当てた。

昨日は疲れていたのだ。そんな時にあんなものを見たから、僕はこんなにも動揺している。いいや、そもそもあれは夢だったのかも。そうとも。あんなのを見たから、蜘蛛の巣が怖く見えただけ。冷静になってみれば、恐れる必要などない。

僕は暗示をかけるかのように結論づけ、そそくさと大学へ行く準備に取りかかった。

一瞬、足元にも何かが絡みつくような感触を覚えたが、それも気のせいだ。

気持ちが動転しているから、ありもしない感覚に囚《とら》われているのだ。

粘《ねば》つく足元を振りきるように、僕はそう自分を納得させ、部屋を飛び出した。

背後から、絶えず何かの視線を感じてはいたが……。

それもきっと気のせいだろう。そのはずだ。

謎の蜘蛛の脚が僕の目の前に現れてから、早いものでもう二週間が過ぎようとしていた。

結局、あれ以来僕は蜘蛛の姿を一度も見ていない。物音も聞いていない。未知なるものとの遭遇による恐怖を味わったのはあの夜だけだった。後は至って平穏。ごく普通の大学生ライフを送っていた。

ただ一つ変わったことといえば……。

※

「ああ、今日はここか」

僕はやれやれ、と呟《つぶや》きながら玄関へと歩くと、靴箱を漁《あさ》る。中から掃除用の使い捨てペーパーダスキンと靴べらを取り出し、これをドッキング。先程の場所へ戻った僕は、それを対象に振り下ろし、払うように左右へ動かす。

それだけで、僕の枕元に作られていた蜘蛛の巣が跡形もなく破壊された。

そう、変わったことがある。それは、僕が眠りについた翌朝に起きていた。

あの日以来、部屋のどこかに必ず蜘蛛の巣が張られるようになったことだ。

ある時は枕元に、またある時は天井に。

理由はわからないが、決まって僕の近く、目につきそうな絶妙な位置に蜘蛛の巣が形成されているのだ。

気持ち悪くないのか？　とか、最初の怯《おび》えぶりはどうした？　などと言われそうなものだが、僕だって最初からまったく怖くなかったわけではない。

あれは蜘蛛と遭遇して二日目。またしても作られていた巣を見た僕は、心底肝《きも》を冷やしたものだ。

もしかしなくても、自分の家が住居として定められてしまったのではないだろうか？　そう思った僕は、そのままホームセンターへ走った。買ってきたのは、蜘蛛用の部屋で焚く殺虫剤。

部屋を覆い尽くさんばかりの煙に少し圧倒されたものの、これでもう寄ってこないだろうと僕は安堵した。

科学の力、万歳！　と、完全に安心しきって、その日僕は眠りにつき……翌朝、再び恐怖に震えることとなる。

蜘蛛の巣は相変わらず形成されていた。ここまではいつもと変わらない。問題は、巣が作られていた場所にあった。

その日は、蜘蛛の巣の一部が僕の腕にもくっついていたのである。まるで逃げ出そうとした獲物に罰《ばつ》を与えるかのように。

早朝から悲鳴をあげ、僕はそのままお風呂場に直行した。特に腕を念入りに、身体や髪を何度もお湯で流す。

皆まで言う必要はあるまい。腕に蜘蛛の巣が張られていたということは、少なくとも蜘蛛が僕の腕に触れて、その上を這い回っていたのは間違いない。むしろ、何故起きなかった！　と、自分をなじりたくなったのは記憶に新しい。

そうして、寝汗と一緒に腕にこびりついた糸を洗い落とした僕は、程好く頭も冷え、ゆっくりと浴室を後にする。

部屋に続くドアを開け、一応周りをじっくりと見回す。

目に映るのはキッチンとその横にある洗面台。風呂場の戸を開ける度、湯気で反応されやしないかとヒヤヒヤする火災警報器。そしてその下には真新しい蜘蛛の巣が……。

「……止めてくれよ」

思わず声を漏らしてしまった。

いつからその巣が作られていたのかはわからない。だが、殺虫剤を焚く時、僕は部屋中をチェックしたはずだ。その時に蜘蛛の巣は全て除去したというのに。

忘れかけていた寒さが、再び湧き上がってくるのを感じた。湯冷めなどでは、勿論ない。

アイツは……あの蜘蛛は、まだ生きている。

その事実に、僕はただ呆然と立ち尽くすことしかできなかった。


その日、追い詰められた僕は大学の図書館で蜘蛛についてできうる限り調べた。

そこを友人に見られて怪訝《けげん》な顔をされたり、恋人に「何だか、顔色悪いよ？」と心配されたりと、いろいろあったが、それは特に語る必要もないだろう。ともかく、敵の習性やらをいろいろと知り、無駄な知識の幅を増やした僕は、闘志と恐怖の板挟み状態で帰宅した。

ところが。せっかく調べて、対策をしたというのに、その後に蜘蛛はというと、特に何もしてこなかった。

僕の腕に糸が絡《から》められていたのは殺虫剤を焚いた翌朝だけ。その姿は依然として見えないまま。起きることといえば、ただ蜘蛛の巣が部屋のどこかに作られているくらいである。

最初こそ、僕はビクビクしていた。しかし人の心とは不思議なもので、それから一日二日と経ち、一週間を過ぎたあたりで、僕はその蜘蛛の巣にすっかり慣れてしまったのだ。

同じホラー小説を何度も読んでいるうちに怖くなくなっていく感覚に似ていると思う。実際、蜘蛛は襲ってくることもなく、僕の視界に入ることもない。僕に与えられる危害といったら、毎朝巣を破壊する一手間くらいのものだ。

危ないから逃げよう。そう思わなかったわけではない。

でも僕は、部屋を放棄《ほうき》するという考えには至らなかった。

第一に、ここを出たところで行く場所なんかないのである。

友人の家に蜘蛛が原因で逃げ込む。なんて迷惑極まりないし、そもそも僕は友達が少ない。

恋人は一応いるが……怖いから彼女の部屋に転がり込むだなんて、当然できなかった。見栄っ張りとか言わないで欲しい。初めての彼女なんだから。

両親……は、論外だ。あの人たちが僕の相談に乗るわけがない。ある理由から事実上、限りなく絶縁に近い状態なのである。

故《ゆえ》に僕はこの部屋に住み着いたままというわけだ。

考えてみると、夜な夜な寝静まった時を見計らって蜘蛛が巣を作っているだなんて、安っぽいホラー映画みたいではある。

しかしながら、それ以外は何もしてこない。僕はこの時点でそうタカを括《くく》ってしまい、あまり気に留めることなく生活していた。

やはりあの大きな脚は夢か錯覚で、実際は普通の蜘蛛だったのでは？　そんな考えがますます強くなっていったのだ。

だから僕は、今日もいつも通りに朝食を摂《と》る。トーストにイチゴジャム。そして大好きなコーヒー。いつもの簡単なメニューだ。

そのまま日課であるニュースチェックにも勤《いそ》しむ。

今日もコーヒーとトーストを片手に様々な出来事を他人事のように観賞する。

地方の小学校教員、殺人と死体遺棄の罪により逮捕。

世にも珍しいアルビノのカラス。

老人による老人に対するストーカー事件。

都内の女子校で、一人の女子高生が行方不明……むっ、この女子校、そこそこ近いな。

カリスマ夢占い師、現る。……そういえば、最近変な夢を見ることが多い気がする。

今朝も、何となくいい匂いと柔らかい感触に包まれたかのようにして目覚めて……ダメだ。記憶が曖昧《あいまい》だ。

ともかく。今日も世界は平和で物騒で、面白可笑《おか》しくできているらしい。

しかし、それ全てが本日の僕には関係ないことだ。

昨日の夜、意を決して彼女に電話し、デートの約束を取りつけた。こっちの方が今の僕には重要だったりする。

俗なことを考えていた僕を叱責《しっせき》するかのように、携帯のアラームが鳴り響いた。大学に行く時間だ。僕は残りのコーヒーを一気に飲み干し、鞄を手に立ち上がる。

「さて……っと、ここにもか」

意気揚々と部屋を出ようとした僕は、またしても蜘蛛の巣を見つけて、思わず肩を竦《すく》めた。

まるで僕の行く手を阻《はば》むかのように玄関に張られた蜘蛛の巣。僕はそれを靴べらで払う。これで終了。何の驚異にもなりえない。

玄関で靴を履く最中、頭にあるのは今夜のことだ。彼女とつき合って一ヶ月。そろそろ何か進展させて行きたいところ……。

「…………んぇ？」

今まさに部屋を出ようとした瞬間、僕は片腕に違和感を覚えた。そう、まるで誰かに引っ張られているかのような……。

ゆっくりと、視線を下に向ける。代わり映えのしないひょろい腕。そこに……いつかのように蜘蛛の糸がべったりと、しかし明らかに異常な規模で絡みついていた。

「ひ……あああぁあ！」

悲鳴をあげ、こびりついた糸を手で無茶苦茶に払う。粘つき、離れない糸が床にいくつも落ちていき、なかなか取れない。どこまでも存在を主張する糸は、まるで意志があるかのようだった。

必死に腕を掻きむしり、何とかネバネバしたものを取り除く。突然訪れた衝撃で、僕は知らず知らずのうちに玄関のドアに寄り掛かっていた。

呼吸をなんとか整え、いくらか冷静さを取り戻した僕は、改めて自分の両手を見る。着替えた時や、外に出る瞬間までは、間違いなく何もなかったはず。では……さっき絡みついた糸はどこから来たのか。

震えながら糸の出所を探していく。台所やお風呂場、トイレへと繋がる扉を有した廊下。そこは出かける関係上照明が落とされ、薄暗くなっている。

蜘蛛の巣が予《あらかじ》め仕掛けられていたようにはみえない。さっきのは、むしろ絡めた挙げ句に僕をここへ留《とど》めるかのように引っ張っていたような……。

目線が、ゆっくりと上がっていく。廊下のその先。リビングへ続くドアが……開いていた。

「………っ？」

息が、詰まりそうだった。確かに閉めたはず。いや……それよりも……。

玄関の傘立てから、ビニール傘を引っ張り出す。音を立てぬよう靴を脱ぎ。僕は勢いよく玄関からリビングへ。

蹴破《けやぶ》らん勢いでドアを開け、そのまま手にした傘を槍《やり》のように突き入れる。手応えはまったくなかった。いや、それ以前に……。

「誰もいない……よね？」

言い聞かせるように呟きながら、傘の柄を強く握り締める。

さっき感じたものを、何と形容すればいいかはわからない。

確かな視線と、気配があった。それこそ、僕が廊下を見渡すその直前まで、ドアの向こうにに誰かが立っていて。隙間からこちらをじっと見つめていたような……。

「……気のせい、か？」

正直自信がない。ただ。蜘蛛が悪さをしているのはよくわかった。リビングの扉に、微量だが銀色の糸がかかっていたのだ。

今までにない積極性に、僕は思わず首を傾げた。一体どうしたというのか。まるで……。

「……いやいや。まさか」

チラリと浮かびかけた考えを否定する。そんなことあるわけない。確かにデートの約束は部屋でした。けど……「それを聞いていて蜘蛛が妨害しようとした」だなんて、ちょっと妄想が過ぎるというものだ。

自嘲するように鼻を鳴らしながら、僕は部屋を出る。

誰かに見られているようなじとりとした感覚は、ドアを閉めるまで僕を離してくれなかった。

※

幻想的な光景が広がっていた。

巨大なアクアリウムを優雅に泳ぐ魚たち。暗闇の中でライトアップされたアクアブルーの小世界は、訪れた人々の目を釘づけにし、感嘆のため息を漏れさせる。だが、当の僕はといえば、それらとは別の方向に心を奪われていた。

「綺麗……まるで海底を切り取ったみたい。非日常だわ……」

僕のすぐ隣で、感嘆のため息を漏らしながら目を輝かせる女性は、そう言いながら茶髪のショートヘアーを側面から掻き上げた。綺麗というよりは可愛らしい印象を受ける、整った顔立ちがますます強調され、僕の心臓は鼓動がまた一段階速くなる。

水色と薄青チェックのワンピースに、黄色のフリル付き半袖ボレロという出《い》で立ち。

ちょこんと頭に乗せたカンカン帽が印象的な彼女の名は、山城京子《やましろきょうこ》。自分で言うのが信じられない、というのもおかしな話だが、僕の恋人である。

天空のオアシスとも謳《うた》われる、都内のビル内に存在する巨大水族館。外しにくいところがいいだろうという友人のアドバイスから選択した、大学帰りからのデート舞台ではあるが、どうやらしっかり恋人を喜ばせることができたらしい。

といっても……。

「あっ、レイ君見て見て！　サメがいるよ？　泳ぎ続けなきゃ死んじゃうんだよね？」

通せんぼしたいわ！」

「それマグロじゃ……。いや、サメもだっけ？」

「あっ、あっち見て！　ペンギンよ！　ヨタヨタしてるわ！　あたしの地元にいたヤンキーそっくり！」

「ヤンキーって死語……。そうそう、ペンギンがヨタヨタ歩きするのは体力温存の……」

「わぁ！　イワシの群れよ！　でもあそこ一匹はぐれて——可愛いっ！　レイ君みたいっ！」

「魚に弱いでイワシ……まぁ、僕か」

「えーっ、イワシ美味しいよ？　素敵じゃない。それに頭だけだと鬼だって追い払って……はっ！」

「そ、そこで僕の顔見るの？」

「流石《さすが》にグロくて万人受けはしないかなぁ……非日常だけど」

「京子ぉ⁉」

「あは、冗談よ～？」

　このように、彼女の喜ぶベクトルがいろいろとおかしいのはご愛嬌《あいきょう》だ。

京子は大学で美術を専修しており、その関係もあるのだろう。僕みたいな常人とは、感性がいろいろと違うのだ。……多分。きっと。

「さっ、レイ君！　次よ次！　あっ、でもそろそろ外に出よっか？　アシカとかがいた広場、ライトアップされてるんじゃない？」

「あ、うん……そうしようか」

　あっちにこっちに引っ張られ、その度に僕がドギマギしていることなどいざ知らず。京子は太陽みたいな笑みを浮かべてずんずん進む。それは、ここ数日の奇妙かつ恐ろしい体験を吹き飛ばしてくれるようだった。

　元来陰気かつ、積極的な性格じゃないので、彼女のこういうところにはいつも助けられている。むしろ、彼女はどうして僕なんかとつき合ってくれたのか、時々不安になって……。

「レイく〜ん、また何か変なこと考えてない？」

あっという間に水族館の外にある休憩用のカフェ広場にたどり着いたところで、京子からそんな叱責が飛ぶ。図星を突かれた僕が目を逸《そ》らせば、京子はわかりやすく膨《ふく》れっ面《つら》を作りながら、二人で注文したソフトクリームを僕に手渡した。

広場のベンチに腰掛けた僕らは、しばし無言でソフトクリームを楽しむ。この水族館の売りでもある、軽食を食べながら海の動物達を眺められる広場は、時間が既に十九時を回ったこともあり、大人の客足が目立っていた。

何か話さなきゃ。そう思う。何となくの沈黙を楽しめる程、残念ながら僕に余裕はない。しかし悲しいかな、面白味がある人間ではないと自負する僕が話題など作れるはずもなく。結果、オドオドしているのを見透かされたのか、不意に京子は、「プッ！」と、吹き出した。

「レイ君、焦《あせ》りすぎ〜。いいじゃない、ここは話さなくてもさ。場所が今は大人な雰囲気だし。ムードに浸《ひた》るとこですぜ？」

「あ……う……そう、なのかな？」

「イエ〜ス。あ、でも……肩か、腰くらいは、引き寄せてもいいんじゃないかな？」

紫と青。緑のグラデーションで彩《いろど》られた水の回廊を、アシカが悠々と泳いでいた。

それを見て、成る程ムードか。なんて思っていた僕は、その発言で危うくソフトクリームに顔を突っ込みそうになる。

恐る恐る隣を見れば、既にソフトクリームを平らげた京子が、コーンをわきに置き、ニコニコしながらこちらを見ていた。

薄暗い中で寒色のライトが彼女の双眸《そうぼう》を妖《あや》しく彩っている。ほら、チャンスだよ？そう表情が物語っていた。

思わずゴクリと。唾を飲む。ソフトクリームは食べ掛けだが、彼女に倣《なら》って僕も近くに置く。心臓が、口から飛び出してきそうな中、僕はどうにかして彼女の肩に手を回し、ゆっくりと引き寄せた。腰は流石にハードルが高かった。

「よくできました♪」

耳元でそう囁かれ、再び身体が硬直する。蕩《とろ》けるようなソプラノの声。わかっていてやってるのは明白だが、悲しいかな。僕にはどうすることもできなかった。

そうこうしているうちに京子は身体の力を抜き、完全に僕にもたれかかる形になる。びっくりするくらいに、いい匂いがした。

「本当はね。心配してたんだよ～。今日のデート、来てくれるかしらって」

「……え？」

思わず僕は目を見開いた。その反応を見た京子は少しだけ口を尖《とが》らせている。

「だって……何か最近顔色？　悪かったというか、元気なかったもん」

「……あー」

そこではじめて、僕は蜘蛛騒動に自分が参っていたことに気がついた。考えてみたら、慣れたのもつい最近だったのだ。

「心配かけてたならごめん。ちょっと……いろいろあってね。悩んでたというか。でも、もう解決したから大丈夫」

努めて明るくそう言えば、京子は「ホントにぃ？」と言うようにじとりとした目を向けてくる。「本当だよ」と、それに改めて返せば、京子は小さく満足気に頷《うなず》きながら目を閉じる。

「ん……、なら。よかった」

いつの間にか、ぎゅっと抱き締められている形になり、僕もまた、おずおずと京子を抱き寄せる。

女の子を抱き締めたのが初めてなものだから、多分心臓の音は彼女に聞こえているだろう。

しまらないなぁ、と思っていると、京子が腕の中からじっとこちらを見上げてくる。

「京、子？」

「……抱っこだけで、満足？」

悪戯っぽい顔で、彼女は囁く。顔がゆっくり近づいてきて。僕は魚みたいに口をパクパクさせてしまう。

これは……もしかすると。いや、確かに進展は望んだけども。いざこうなってみれば身体は石のように固まって。

テンパる僕。京子は真剣な顔。とても恋人同士には思えぬ酷い構図に僕が内心で白《しろ》旗《はた》を上げていると、京子は真面目な表情から一転。肩を竦めて、しょうがないなぁというように笑いながら、僕に手を伸ばす。未だ半開きな僕の口が、京子の白い指で優しく閉じられて。

次の瞬間、柔らかな感触が唇に押し当てられ、目を閉じた彼女の顔が視界いっぱいに広がった。

十秒。いや、もっとだろうか。永遠に思えた時間は、ちゅ。という音と共に終わりを告げる。

僕がポカンとした顔で彼女を見れば、京子は照れくさそうに。それでいて、とびっきり可愛らしい笑みを浮かべていた。

「あたしがレイ君を好きになったのは、君のいろんな表情が、もっと見たいから」

もしかしてファーストキスだった？　と、首を傾げる京子に、僕は声も出ず、首だけコクコクと動かして肯定する。すると彼女はチロリと舌を出し「あはっ、奪っちゃった～」と、言いながら、両頬に手を当ててはにかんで。そのままコツンと額を合わせてくる。

「……ちょっと寂しかったんだぞ。悩んでたり、疲れてても相談してくれないのは」

次はちゃんと話して欲しい。力になりたいのだ。そう言って、彼女は甘えるように額を僕にぐりぐり押し付けた。

「……ごめん」

「……ん」

「あの、次は。ちゃんと……言うから」

「よろしい。じゃあ……お詫びと約束のしるしが欲しいかなぁ？」

額を離して、京子はわかるよね？　と、言わんばかりに僕を見る。身体の硬直は、魔法にでもかけられたかのようになくなっていた。

頑張れ。頑張れ。と、励ます京子を僕は破裂しそうな心臓を抱えながら引き寄せて……。

ソフトクリームは、完全に溶けてしまった。

けど、そんなの要らないくらいに口には甘味が残ったのは……言うまでもなかった。

※

気を抜いたら顔がにやけて、スキップをしてしまう。

それが現状の京子におやすみを告げ、帰路についている僕だった。

天にも舞い上がらんばかりとは、まさにこのこと。幸せだと今なら間違いなくそう言えるだろう。

事実、部屋に帰るなり誰もいるはずがないのに、「ただいま！」と言ってしまうくらいに、僕は浮かれていた。

玄関に入り、電気を点けるその瞬間までは。

「……ウソ、だろ……？」

思わずそんな声が口から飛び出した。異様。それ以外に的確な言葉はない光景が広がっている。

目に入って来たのは、銀色だった。

まるで癇癪《かんしゃく》を起こした子どもが、手当たり次第に当たり散らした後のように。廊下の至るところが、蜘蛛の巣まみれになっていたのである。更に——。

「これは……」

蜘蛛の巣に何かが引っ掛かっていた。それを見てとった時、僕は瞬時に身体が強張っていくのを感じ、下唇を噛み締める。
付着していたのは、数本の髪の毛。しかも、僕のものではない。
それは長く艶やかで……明らかに女性のものとわかる黒髪だったのである。

第二章　少女の怪物

　デートの余韻を台無しにされたあと。ひとまず僕は傘で蜘蛛の巣を全て払い落としてから、そのまま風呂に入り、現在は狐につままれたかのような気分になりながらドライヤーで髪を乾かしていた。

　頭に浮かぶのは、やはり先程見た惨状だ。

　今までにない規模で部屋に張り巡らされた蜘蛛の巣。加えて、今気がかりなのは髪の毛だ。あれは何だったのだろうか。

　一応部屋中の隠れられそうな場所を、くまなく捜索はした。

　だが、誰かがいた痕跡は皆無。さっきの長い髪の一本すら残されてはいなかった。

　戸締まりはしっかりしていた。ではあの髪はどこから来た？　僕がドアを開けた瞬間に、風と一緒に入ってきたのか？

　そこまで考えて、僕は頭《かぶり》を振る。

　いくらなんでも、それは。しかし、部屋に誰もいなかった以上、もう他にこれといった原因は思い浮かばないのも事実だった。

ドライヤーをしまい、歯磨きも済ませ、僕は欠伸《あくび》混じりにリビングへ戻る。当然ながら、そこには誰もいなかった。

「……寝よ」

少し不気味だが、わからないことや証明できないものを考えても仕方がない。ただ、こんなことがまたあったら、あまりやりたくはないが引っ越しを検討した方がいいのかも。そう結論づけ、部屋の電気を消してベッドへと潜り込む。

どこか釈然としない感情を抱えながらも、結構遅くまで活動していたこともあるのか、疲れと眠気があっという間に押し寄せてきた。

微睡みの中、京子の笑顔と、柔らかな唇の感触を思い出す。思わず顔が綻《ほころ》ぶのが自分でもわかった。

今日は、いい夢が見れそうだ。

……幸せな時間はそこまでだった。

微かな息遣いが耳に届いて、僕が瞼を開けば、あり得ないものが視界に入ってきた。

黒い影がまるで幽霊のように目の前で揺らめいていたのである。

突然の出来事に眠気は一瞬で吹き飛び、僕は身体を硬直させた。

続けて、部屋にギシリという低い音が響き渡る。真っ暗でそこに在るものはよく見えないが、僕は直感で、誰かが僕のベッドに座っていることを察した。

この部屋には、さっきまで僕以外に誰もいなかったはずなのに。

「だ、誰だ……！」

震える身体を必死で抑え、精一杯の野太い声を絞り出す。が、影は答えない。

僕は意を決して、ベッドの横のスタンドライトに手を伸ばす。

錠前を外すような音と共に、白熱電球の黄色い柔らかな光が部屋をぼんやりと照らし出す。突然の明かりに目がついていかず、僕は何度かまばたきをした。やがて目が慣れてくると共に、その影の全貌が明らかになり……。

視線があった時、僕は声が出なかった。

どうしてここにいるのか？

なぜ僕のベッドに座っているのか？

そもそもどうやって部屋に入ってきたのか？

いろいろと疑問は浮かぶが、そんなものすら僕の中では置いてきぼりにされていた。

僕はまるで金縛りにでもあったかのように、その場から動けなかったのだから。

そこに座っていたのは少女だった。

黒いセーラー服に身を包み、ほっそりとした脚は同じく黒いタイツで覆われている。腰ほどまでの長く艶やかで美しい黒髪は、前髪が切り揃えられ、まるで日本人形のよう。

深い闇の底のような漆黒の瞳。

尽《ことごと》く黒を強調する風貌とは対照的な、病的なまでに白い肌。それはとてもきめ細《こま》やかで、陶磁器を思わせる冷たい美貌をいっそう際立たせていた。

どこか大人びた雰囲気を漂わせながら、少女は柔かく微笑んだ。

美しい少女だった。

背筋が凍りつくかと思える程、美しい少女だった。

その時、僕は当惑や混乱、恐怖心などを一切忘れていた。しばらくの間、その少女にただ見とれていたのだ。

一体どれ程の間そうしていたことだろう。一分にも三十分にも思える睨めっこは、唐突に少女が動き出したことで終わりを告げた。

スルリと少女の腕が、まるで蛇《へび》のように僕の首元に巻き付いてくる。僕はあれよという間に物凄い力で引き寄せられ、少女に抱き締められてしまった。

「な、……え？」

予想だにしない展開に、目を白黒させるしかない。そんな僕にはお構いなしに、少女は僕を抱き締めたまま、僕の首筋に顔を埋めた。

女性特有の甘い香りと共に、首筋にくすぐったい感触が走る。僕の頭はますます混乱し、唇を当てられていると気がつくのに数秒かかってしまった。少女が唇を当てている部位をチロチロと冷たい何かが蠢いている。背中を氷塊が伝い落ちたかのような戦慄が走った。これ……し、舌？

「ちょっ、何する……！」

僕が抗議の声をあげようとした。だが、それよりも早くに、ゾブリ、という何かが突き刺さるような音が響く。まるで身体を銛《もり》で直接突かれたような、体験もしたことがない感覚に襲われて、僕の思考は停止した。

「………………え？」

気づいた時には何もかもが遅かった。

脳がぐちゃぐちゃに掻き回されているような、妙な浮遊感に身体が支配されている。加えて、首筋にはピリピリとした痺《しび》れが生まれ、僕は顔をしかめた。

少女が、僕の首筋に噛みついている。それも、ただ歯を立ててるわけではなく、歯とは違うもの。明らかに人間ではあり得ない器官が僕の首筋に二本、深々と突き刺さっていた。恐ろしいことに、ほとんど痛みを感じさせないままに。

「あ……え……！」

呻《うめ》くような音が口から漏れる。想像を絶する事態が降りかかっていることだけはわかったので、僕は必死に抵抗しようとした。だが、そんな僕を少女は逃がすまいとしているのか、益々強く抱き締めていく。

指一本すら動かせないような、物凄い力だった。

少女に拘束されている最中、僕は自分でも冷静に今の状況を分析していた。噛まれた場所が、妙に熱い。が、そこから遠ざかると、今度は逆に冷たくて……。そこで不意に、少女の喉が艶《なま》めかしく上下しているのに気がついた。

「ひ……！」

短い悲鳴が漏れる。理解してしまった。今僕は、血を吸われてるのだ。突然現れた、名も知らぬ少女に。

次の瞬間、僕は全身の力がゆっくりと抜けていくのを感じた。

※

ゴクリ、ゴクリと、僕の血を咽下《えんか》するたびに少女の白い喉が妖《あや》しく律動する。

僅かにあった痛みは、今や完全に消えていて、噛まれた部位が麻痺したように冷たくなっていく。裏腹に、頭は熱に魘《うな》されたかのように熱くなり、強烈な酩酊感が沸き上がってきた。

それは僕の意志とは関係なしに、心地よい快楽の奔流《ほんりゅう》となり、ゆっくりと僕を飲み込んでいく。

今まさに、僕はこの少女に補食されているのにもかかわらずだ。

「やめ……ろ……！」

僕は何度も、少女の拘束から逃れようとした。

だが、僕の身体はまるで金縛りにでもあったかのように、指一本すら動かせなかったのである。

そのまま数分。

永遠に続くのではないかと思えた痺れるような責め苦は、少女の喉の動きが止まると同時に終了した。

終わった……？

ほんの僅かな心の緩みと安堵の感情。それは、噛まれたままの部位がジクジクと疼《うず》き始めたことで、容易《たやす》く絶望に早変わりする。悪夢はまだ終わってはいなかったのだ。

首筋を舐《な》め回すような、先程とは違うむず痒《がゆ》さが僕に襲いかかる。

今度は吸い出すといった行為ではない。液状の何かが……〝流し込まれていた〟。

唾液ではない。量が明らかに異常だったから、それだけはわかる。だが、そうだとしたら、今僕は一体何を入れられているのだろうか……？

「や、め……！　……あぅ……」

おぞましくて寒気を覚える心とは裏腹に、身体はまるで歓喜するかのように震えて、熱を増していく。

相反する感覚が僕を翻弄《ほんろう》し、自分が自分でなくなるようなこの快楽に、僕は純粋に恐怖した。

逃げろ……！　逃げなきゃ駄目だ！

残された思考が警鐘《けいしょう》を鳴らしていた。痺れる身体に何とか力を込め、僕は少女の肩を掴む。

ふらつくような感覚は、さっき血を吸われていた時ほどではない。これならば……。

「う……おおお……！」

弱々しい雄叫《おたけ》びをあげながら、僕は何とか少女を首筋から引き離した。

その勢いのまま少女をベッドに押さえつけ、手探りで携帯電話を探す。

警察だ。状況を解決出来るかどうかはわからないが、とにかく警察に。いや、いっそ〝叔父さん〟辺りに……！

だが、それは再び少女の細い腕が伸びてきてあっさりと阻止された。両頬がフワフワした手に捕らわれる。そこから首が無理やり逆を向かされて――。直後、僕の思考回路は完全に断裂した。

「む……ぐっ……！」

唇に柔らかな感触が広がっている。クラクラするような甘い香りに眩暈《めまい》を覚えて。気がつけば、少女の顔が視界を覆い尽くしていた。

息の根を止めるかのような、支配的な接吻《キス》。

それは、昼間に京子と交わした、心を満たすような甘やかなものとは違う。

完全に僕の意思を無視した口づけは、屈服を迫るような激しさをもって、鉄臭い味を僕に押し付ける。粘膜を介した触れ合いの中には、どう考えても僕の血が混ざり込んでいた。

「む、ごっ⁉」

驚愕で固まった僕は、その時完全に無防備で。少女はその隙に僕の口を抉《こ》じ開けて、そのままヌルリと舌を差し込んできた。

ヒヤリとしたそれが、僕の口内を生々しく蹂躙《じゅうりん》する。

恐怖に震える僕をドロドロに溶かし、骨の一欠片《ひとかけら》までをも飲み干してしまえそうな、激しいディープキス。ほとんど女性経験がない僕にとって、稲妻の一撃に等しいものだった。

頭が、真っ白になっている。本当に何も考えられなくなりそうで。そこで僕はようやく、いつの間にかベッドに押し倒されているのに気がついた。

「んっ、ぷはっ……ま、待って……くれむっ……んんっ！」

抗議の言葉と酸素を求めて僅かに口を離しても、すぐにそれは少女の唇によって塞がれてしまう。それどころか細い手足を僕に絡みつかせ、少女はゆっくりと僕の上にのし掛かってくるものだから、状況はどんどん悪くなっていく一方だ。

何がそんなに嬉しいのか、ゾッとする程に綺麗な笑みを浮かべて、少女は愛《いと》しげな熱視線を向けてくる。キスしたまま目が合うこの状態は、控えめに言って恐怖以外の何物でもなかった。

「ん、むっ……！　は、なせ……！」

ねだるような眼差しから目を逸らし、絡み付く指を引き剥《は》がして両手を掴む。

だが、少女は僕の太腿《ふともも》を自分の脚でがっしりと挟み込むと、そのまま僕の腹部に甘えるようにすり寄ってきた。触れて。触れられた部位からじわりと伝播《でんぱ》する体温と、押し当てられる女性特有の暴力的な柔らかさが、僕の頭を再び真っ白にしかけて……。

次の瞬間、身体に異変が起きた。

ブレーカーが落ちたような音が頭の中で響き渡り、直後、今度は身体全体に電気を流し込まれたような痺れが広がっていく。

何が起きた？　僕が思わず彼女の方を向こうとした時、ふと、不思議な幻覚を見た。

これは現実ではない、幻。あるいは白昼夢だ。すぐにそうわかってしまうほど、目に飛び込んできたものは異様だった。

最初に見たのは、脳髄。それはどういうわけか剥き出しのままで空中をふわふわとクラゲのように漂っている。

次に見たのは蜘蛛。黒い大きな蜘蛛が天井から突然降りてきて、宙を浮遊する脳髄にその八脚を伸ばしていた。まるで我が子を慈《いつく》しむかのように脳髄を抱き締める、おぞましい巨大蜘蛛。

良くできた立体映像《ホログラム》にも見えるその光景に、僕はポカンとしたままその場で固まって……。そこではじめて、さっきまですぐそばにいた少女の姿が、煙の如く消えているのに気がついた。

数秒間。いや、実際にはもっと短かったのかもしれない。しばらくすると僕の身体を蝕《むしば》んでいた痺れが軽くなり、肩が少しだけ軽くなる。するとたちまち、僕は現実に立ち返った。蜘蛛や脳髄の幻覚は蜃気楼のように消失し、部屋にいるのは、美しい少女のみとなる。

そして……さらなる異変が起きた。

気がつけば、僕の身体が勝手に動き始め、そのまま、少女の身体を壊れんばかりに抱き締めたのである。

「なんで……むぐっ……！」

悲鳴をあげるより早く、少女の唇が僕の言葉を封殺する。

声を。助けを……！　そう思うが、一際強い電流が再び僕に流れて。気がつけば、僕は声すらあげることができなくなっていた。

それどころか……今度は僕の方が少女の頭を押さえるようにして、自分でもしたことのない深いキスをし始めたのである。

そこには、端《はた》から見れば互いに情欲を解き放った男女がいた。

くぐもるような息遣いや、貪《むさぼ》るような口づけの音だけが部屋に響き渡っている。

なんで、どうしてと思考は嘆き、恐怖におののいているのに。身体は少女からの求愛じみたキスや愛撫《あいぶ》に負けじと応え、おぞましくも快楽すら感じてしまっている。

それを自覚した時、僕の心は悲鳴にも似た軋《きし》みをあげ始めた。

少女がまるで本物の恋人のように僕の愛撫で歓喜に肩を震わせる度に。

僕の身体が少女を優しく受け入れて、熱烈に舌を絡ませて少女のキスに応えていく度に。

脳裏を京子の笑顔が、今日だけでない、短い間ながら積み上げた、彼女との思い出が過るのだ。

嫌だ……！　裏切りたくない……！　絶対に彼女を裏切るなんて真似は……したく

ないのに！

声にならない叫びを繰り返す。

ふと気がつけば、頬から涙が伝っていた。本当に、僕の身体はどうなってしまったのだろう。

「うっ……んぐぁ⁉」

その時だ。再び身体が痺れ出し、何かが断裂するような音が脳に響く。刷り込まれ
るように見たのは、大きな黒い蜘蛛の幻覚だった。

それはさっきまで抱き締めていた脳を失い、まるで戸惑っているかのように腹を地
面に擦《こす》りつけていて……。

また、塗り潰されていた視界が元に戻る。

すると、まるでそれを合図にしたかのように、少女は僕から唇を離した。

互いの口を銀色の雫《しずく》が繋いでいる。その光景は狂おしい程の淫靡《いんび》な香りと、背徳感
を漂わせていた。

それをぼんやりと見ていた僕は、そこでようやく、身体が動くことに気がついた。

「に、逃げなきゃ……」

少女を押し退《の》け、転がり落ちるようにベッドから脱出する。

視界の端で、少女はキョトンとした顔でこちらを見つめていた。追いかけてくる気

配はなさそうだった。

痺れる手足を必死に動かし、玄関へと急ぐ。

しかし、震える手がドアノブに触れようとした瞬間に、僕はまたしても電流と幻覚に襲われた。

あの巨大蜘蛛が、どこからともなく糸を伸ばしてきて……。たちまち僕はがんじ搦《がら》めにされていく。

「や、やめろ……やめ、て……」

幻覚が終わる。やはりと言うべきか、身体は思うように動かせなくなっていた。

「だ……誰か！　たしゅ…………げっ…………て……」

なりふり構わず悲鳴をあげようとする。その途端、息継ぎすら許さぬかのように痺れが喉を突いた。

声を奪われたのだ。

「……ぃ……………だぁ……」

締め上げられた鶏みたいな呻きが、僕に残された最後の抵抗だった。

身体が動き出し、玄関から少女がいる部屋へ引き返していく。

リビングへ戻ると、スタンドライトの穏やかな光が目に飛び込んできた。

それは、脚を組みながらベッドに座り、静かに両腕を広げる少女を、妖しく照らしていて。

もう、逃げられないのか……。

そう悟ってしまった。

幻覚と同時に身体が支配される。この現象をあの少女が起こしているのだとしたら？　そんなの、抗《あらが》えるわけがないじゃないか。

花の香りに誘われる蜜蜂のように、僕はゆっくり少女に近づいていく。その最中、改めて少女と正面から対峙し、目を合わせた。

血と唾液で少しだけ濡れた口元。白い肌は今は上気して、ほんのり赤みを帯びている。あえて言葉で表現するなら、恐ろしさの中に蠱惑《こわく》的な魅力を備えているかのような……そんな美しさがそこにある。

綺麗だ。素直にそう思ってしまった直後。また幻覚だろうか？　少女の背後に蜘蛛の脚が六本。僕を誘い、迎え入れるかのように広がり始めた。

非日常すぎるその姿を見た時、僕は納得した。

ああ、この少女は人間ではない。――〝怪物〟だったのだ。

やがて僕は、怪物のもとへたどり着く。

怪物は、嬉しそうに微笑みながら、そっと二本の腕と六本の脚で僕を抱き締めた。

とどめとばかりに、優しく唇を奪われる。

柔らかさとおぞましさが、僕を攻め立てて……。

ついに、僕の精神が限界を迎えた。怪物の腕の中――。魅惑の檻《おり》と表現していい甘ったるい香りに包まれながら、僕は意識を手放したのだ。

かくして運命の夜は更けていく。

あの晩に僕は怪物に恐怖し、魅了され、そして捕らえられた。

故郷を離れ、こちらに移り住んだ一年目……夏の出来事だった。

※

フワリと柔かな感触を覚え、僕は意識を覚醒させた。

朝の日差しがカーテン越しに射してきて、外からは雀《すずめ》の囀《さえず》りが聞こえてくる。

爽やかな朝に見えるだろうが、僕の目覚めは頗《すこぶ》る最悪だった。

「……………」

現在進行で僕の顔を撫でる白くて細い指。

目覚めた僕のすぐ傍で寄り添うように寝そべり、無言かつ無表情で僕の頬を弄《いじ》くり回しているのは、昨晩に僕を身も心も捕らえた美しい怪物だった。

原理はわからないが、こいつは一定時間、僕の身体を意のままに操れるらしい。ご丁寧に心は残したまま、身体だけ動かす。

昨日の夜、僕は嫌と言うほどそれを味わう羽目になった。

降らされたキスの雨。

淑《しと》やかな指が蜘蛛のように動き、僕の肌を愛撫する感触。

耳から微かに聞こえた、少女の興奮に満ちた息遣い。

思い出す度に身体が強張《こわば》るような酷い記憶に、僕は知らぬうちに奥歯を噛み締めていた。

「……おはよう。気持ちの悪い朝だね」

皮肉をたっぷり込めて、僕は怪物に話し掛ける。だが、怪物は無言のまま。何が楽しいのか、僕の顔をじっと見つめながら、今度は僕の頬を指でツンツンと突っつき始めた。

まとわりつくその手を退け、ベッドから起き上がった僕は、一先ずテーブル一つを挟んで怪物との距離を取る。

だが、怪物はベッドにうつ伏せに寝そべったままこちらへ目だけを向けてくるのみ。

感情の読めない、無機質な瞳だった。

ただ……。その視点はまったくブレることなく、僕から離れなかったけれど。

「……君、どこから来たんだ？」

物は試し。まず会話を試みてみようと、僕は質問を投げ掛けてみる。しかし、怪物は沈黙を貫くのみだった。

「……どうして僕の部屋にいるんだ？」

構わず質問を続けるが、これまた無言。

「いや、そもそもどうやって入ってきたんだ？」

それでも諦《あきら》めずに再チャレンジするが、やっぱり無言。

「君は何者だ？」

内心で諦めが芽生え始める。怪物は変わらず無表情で無反応だった。

「……しゃべれる？　言葉わかる？」

もしかしたらと思い、目を見てはっきり問いかける。反応はない。瞳も揺らがない。

どうやら本当に、コイツは言語を理解していないようだった。

……考えてみれば、怪物は昨日の夜から言葉を発していない。微かな喘《あえ》ぎは聞こえた気がするので、声帯があるのは確かだけれど……意思疎通は不可能と見た方が妥当《だとう》だろうか。

「……もういいや。知らない」

悪態をつきながら、テレビを点ける。ともかく……朝ごはんを食べよう。僕はそのままキッチンへ向かい、朝食の準備を始めた。今日は土曜日。講義はなし。ある意味でちょうどいいといえばちょうどいい。これからのこと、いかにしてあの怪物に出ていってもらうかを、考えた方がいいだろう。

しばらくして出来上がったコーヒーとトーストを手に、僕はリビングへ戻る。怪物は相変わらずベッドにうつ伏せに寝そべったままだったが、僕が戻ってきたのを見ると、ムクリと起き上がった。

テーブルに朝食を載せて怪物の反対側に座ると、怪物は無表情のまま、マジマジとトーストとコーヒーを見つめている。もしかして、欲しいのだろうか？

「……あげないよ？　お腹すいてるなら家に帰りなよ」

怪物に家があるかどうかは甚《はなは》だ疑問だが、僕は冷たく突き放す。

だが、怪物は特に傷ついた様子は見せない。本当に珍しくて見ているだけらしかった。

この場面だけを見ると年相応の少し大人しめの少女に見える。けれど……。

笑うんだ。ゾッとするくらい綺麗に……そして。

昨夜の恐怖体験をまた思い出し、首筋が熱くなる。対照的に冷えていく背中を振りきるように、僕はトーストにかぶりついた。

すると、不意にニュースのアナウンスが耳に飛び込んでくる。

時間的に、新しい話題だろうか。

『……、行方不明となっておりました、雁ノ坂《かりのさか》市在住の白鷺《しらさぎ》女学院二年生。米原侑子《まいばらゆうこ》さん十七歳が、昨夜遺体で発見されました』

マーマレードの酸味がいい感じだ。そんなことを思いながら、ニュースに耳を傾ける。昨日に報道していた女子高生失踪事件の結末らしかった。まだ人生これからだったろうに……などといったお決まりの反応をしながら、僕は何の気なしにテレビを見る。

画面には、被害者となった少女の顔写真が映し出されていて……。

「…………は？」

思わず、トーストを取り落としそうになる。

目を疑うその映像に、僕はしばし言葉を失っていた。怪物の顔に視線を向け、またテレビへ戻しを繰り返す。

「偶然……か？」

自分を見つめる僕の視線に気がついたらしく、朝食に向けられていた怪物の目が、今度は僕に、そして流れるようにテレビへ向けられる。

『不可解なことに遺体からは脳を含む全ての臓器が持ち去られており、警察は極めて悪質な殺人事件の線で捜査を進めていく方針を……』

くなる。

ニュースの音声など、途中から耳に入らなくなっていた。

頬を汗が伝い落ちていき、まるで縫いつけられたかのように、僕はそこから動けな

目の前の怪物は映像を一瞥《いちべつ》したあと、すぐに興味を失ったかのように僕へと目を向けた。整った顔立ちに浮かぶのは、外見年齢不相応の蠱惑的な微笑み。

それが意味するものなど、僕はこれっぽっちも理解は出来なかったけど。ただ、やっぱりこいつは普通じゃないという一点だけは頭に改めて刻み込んだ。

ニュースに出ていた、死亡したはずの少女の顔。それは、今まさに僕をじっと見つめてくる怪物と瓜《うり》二つだったのである。

第三章　山城京子

「松井《まつい》さん、入るよ。検死の結果はどうだった?」

陰鬱な雰囲気が漂う鑑識室で声が響く。徹夜で作業をしていた松井英明《ひであき》は、その声にゆっくりと振り向いた。

視線の先には、上等そうなスーツを着込んだ中年の男が立っている。捜査課の小野《おの》大輔《だいすけ》刑事だった。

「や、小野さん。ご苦労様。どうもこうもないですよ。こんな不可解な仏さんは初めて見ました」

英明は挨拶と共に肩を竦めながら、昨日の女子高生の死体を思い出し、顔をしかめる。

死体は、ほとんど原型を留めておらず、加えて内臓がそっくりそのままなくなっていた。

ニュースでは持ち去られたとだけ報道されたが、実際の現場は凄惨《せいさん》そのもの。辺りは血の海で、手足は薄い皮で繋がっているのみ。内臓だけではなく、一部の骨も削《そ》ぎとられており、まるで獣が食い散らかした跡のような印象を受ける。

鑑識という仕事柄、死体はいくつも見てきたが、あんなにも不気味なものは、英明も初めてだった。

「死因は恐らく出血多量による失血死。凶器の痕跡はものの見事に潰されている上、その下の内臓までないんじゃ断定はできないですけど、まず間違いないでしょう」

英明は一呼吸入れ、ペットボトルのお茶で喉を潤すと、大輔は訝《いぶか》しげな顔でこちらを見る。

「現場では、殺害したあとに、何らかの獣に死体を食べさせたのでは、なんて声まであがっていたが……」

「う〜ん、突飛な話ですけど、一番現実的な推測ですね」

英明は写真を一瞥した後、改めて大輔の方へ向き直る。

「まず、現場の路地裏に残された血の量からして、別の場所で殺害、内臓を抜き取り、あの場所に遺棄《いき》した。という線は低いでしょう。あの女子高生は十中八九、あの場所で殺されたんです」

「やはりか……」

「ええ。ただ、ここで問題になってくるのは、どうやって全ての内臓を引きずり出し、挙げ句に脳まで取り出したのか。いくら手際のいい殺人者でも、一人で全ての内臓を取り出し、持ち去るだなんて不可能です」

「となると……複数犯？」

「ええ、そう考えるのが自然です。後は凶器の特定を防ぐため、大型犬でも用意して、傷口を潰した」

英明は指を鳴らしながらいかにもな推理を披露した後、鼻を鳴らす。

「ただ……残念ながら、この推理はありえません」

「何……？」

不思議そうな顔をする大輔に英明は肩を竦める。

「そう思って調べたんですよ。けど、現場にも、死体からも、そういった動物の痕跡は見つかりませんでした」

「オイオイ……なら……」

「はい。恥ずかしながら、わからないことだらけなんです。いたいけな女学生を、こんな無惨な状態にした方法も、動機も何もかもね。幽霊か怪物にでも襲われたんですかね？」

冗談混じりに英明は笑い、検死結果の資料を大輔に手渡した。

「……まず身辺を洗おうかと思う。何かわかったら、また連絡してくれ」

大輔は神妙な顔でそれだけ言い残し、部屋を後にしていった。

一人部屋に残った英明は煙草に火を点け、天井を仰《あお》ぐ。

「……ホント。人間技じゃないよな」

女学生の死体を思い出しながら、英明は身震いした。アレは不自然すぎる。と、英明自身の経験が囁いている。同時に隠しきれない興奮に身体が歓喜しているのも事実だった。

あの謎めいた死体はいかにして作られたのか……。ともかく、他の証拠が出揃うまで座して待つのが適切だと、英明は自分の中で結論づけた。

「必ず尻尾は掴むぜ……。ん？」

決意を込めてそう呟きながら、真っ白な天井を見ていると、ふと何か虫のようなものが動いているように見えた。

「……蜘蛛か？」

そういえば、作業中も何度か見かけたな……と、思いながら、英明は目を細めてそこを凝視する。が、不思議なことにさっきまで蜘蛛らしきものがいた場所には、それらしき姿は何もなかった。気のせいだったらしい。

ふと、小さな欠伸が出る。報告などを一通り済ませた安心からか、睡魔が一気に押し寄せてきていた。そういえば徹夜明けだったことを思い出し、英明は苦笑いを浮かべる。

仕事に身が入ると自分の身を省《かえり》みなくなる。そう先日大輔に怒られたばかりだったというのに、もう無茶をしてしまった。好奇心旺盛で、特定の何かに執着したらとことんまで調べてしまうのが自分の性質だと自覚はしているが、流石にそろそろ疲れが出始めている。

少し眠ろうか。英明は背筋を伸ばしながら立ち上がり、仮眠室へ向けて歩き出す。

その道中、視界の端で何かが蠢くのが見えた。

「……また蜘蛛か？　やけによく見るな」

廊下を横切っている小さな蜘蛛を見ながら、英明は首を傾げる。もし女性の職員がこいつらを見かけたなら、きっとうるさいに違いない。

「どっか窓でも開いてるのか？　迷惑な話だ」

不快な気分を抱えながらも、誰かが何とかするだろうといった他力本願な意見を浮かべ、英明は仮眠室の扉に手をかける。

中は真っ暗だったが、寝息は聞こえない。誰も使っていないのだろう。

後ろ手に扉を閉め、英明は室内の常夜灯だけを点ける。

「へ？」

その瞬間、視界が何かで完全に覆い尽くされた。

モゾモゾと、顔や身体を這いずり回る、無数の嫌な感触。

おびただしい数のそれは、英明がつい先程に何度も見かけた生き物だった。

「く……も……？」

それが最期の言葉となった。背後に何かの気配が立ち上ったと思うと、甘い香りが鼻《び》腔《くう》を満たす。

誰かがいる。だが振り返る余裕はなかった。

蛇のように細い腕が二本、英明を拘束するように絡みつく。全身を包み込む柔らかな感触と、興奮したようなヒューヒューという息遣いが肌をくすぐった。

女か？　僅かに残った判断力でそう判断したところで、首元に刺すような痛みが走り——。

英明の意識は、そこで完全に刈り取られた。

※

「う……が……」

脳を痺れさせるかのような酩酊感に身を委《ゆだ》ね、僕は身体を痙攣させる。ベッドに引き倒された僕は、首筋から広がっていく抑えがたい快楽と、身体に遠慮なく押しつけられる柔らかい肢体《したい》の感触に、必死で抗《あらが》っていた。

僕にのし掛かっているのは、美しい少女の姿をした怪物だった。僕は初めて遭遇したあの夜から、コイツに捕らえられたまま、今に至っている。

少女の喉が艶めかしく上下して、僕の血がその体内に取り込まれていく。

それが終われば、今度は僕の中に怪物が何かを流し込んでくる。これが毎日毎晩、たまに朝にも行われていた。

正直な話、逃げられるものなら逃げ出したい。出ていってくれるなら大歓迎。けどそんな僕の願望など、怪物はさらりと無視してしまう。

かといって、腕力にものを言わせ、実力行使などしようものなら、今度は屈辱極まりない操り人形にされる始末だ。

つまり、どうしようもなかった。

「ぐ……あ……」

気を抜くわけにはいかない。少しでも気を抜くと、おぞましいことだが彼女の虜《とりこ》になってしまいそうだった。こんな酷いことをされているにもかかわらずだ。

自分を見失わぬよう、拳を握り締める。

そのうち、首の、恐らく血管を行き来していた体液の感触が消失した。

荒い息を吐きながら天井を見上げる僕。怪物はチロリと僕の首筋をひと舐めしてから、静かに唇を離し、そのまま満足気に僕の胸板に頭を預けてきた。疲れた身体にちょうどいい重み。ふと、フワリと甘い花のような香りが僕の鼻をくすぐって……。

「違う。違うそうじゃない」

必死に頭を振り、再び深呼吸。左太腿に怪物の両脚が絡みつくのを感じたが、そこは無視して、噛まれた首筋に手を触れる。

痛みはない。鏡で確認しても注射針で刺したかの様な極小の傷があるのみ。吸われた後の止血も完璧らしい。本当に一体どういう原理なのだろう？

怪物を振り払う元気もない僕の耳に、テレビから、夜のニュースが流れ込んでくる。

毎朝、毎晩、ニュースや新聞をチェックするのは昔からの習慣だが、あの女子高生惨殺事件を見て以来、僕はことさら行方不明という単語に敏感になってしまっていた。

はっきりした確証はない。ただ、あの事件の被害者とコイツの顔が同じこと、更にはインターネットで調べた結果、コイツが身を包んでいるセーラー服が、被害者の通っていた女学院と全く同じこともわかってしまった。

だからコイツは、間違いなくあの事件に関わりがある。だが、具体的に、どんな関係なのだろうか。

考えられるのは、まず姉妹。あるいは、同じ学院のそっくりさんという説。しかし、この線は薄いだろう。もしあの事件の後に被害者の親族か学院の生徒がまた消えたのだとしたら、騒ぎになっているはずだ。

事件から既に数日。情報を隠蔽するメリットも少ない。つまりは……。

「お前はあの学院の生徒ではないにもかかわらず、その服を来て、あまつさえ死者と同じ顔をしている……と」

僕の呟きに怪物はいつもの無機質な瞳をこちらへ向ける。漆黒の瞳には、畏怖《いふ》の表情を浮かべた僕の顔が映り込んでいて。

心を挫《くじ》く、幻覚に囚われた。

見えていた部屋はそのままに、少女の姿が霞《かすみ》のように消えて、僕の目の前へいつかの大蜘蛛が現れる。そいつは僕を引き倒すなり、片側の脚で抱き寄せて、もう片方の四本は腕枕のように僕の下に潜り込ませた。

不気味すぎる添い寝に思わず「ヒェッ！」と、情けない悲鳴をあげてしまうが、それはすぐに身体を覆い尽くす痺れに塗り潰された。すると、目の前にいたはずの蜘蛛がまた消えて。気がつけば、僕は怪物と寄り添うようにしてベッドに身を横たえていた。

そう、これが目下《もっか》僕が頭を抱える大問題。刹那的な白昼夢を経て現実に立ち戻った時、僕の身体は少女に隷属《れいぞく》してしまい、逆らうことができなくなってしまう。

「なぁ、もうやめ……んぐっ……！」

お決まりとなりつつある接吻《キス》。歯を押し分けて差し入れられる怪物の舌に、操られた僕の舌が絡みつき、火が出るほどに情熱的な口づけが始まった。

唾液を啜《すす》り合うような湿った音が断続的に漏れる中で、僕らは身体を重ね合わせる。

『……県警の……松井英明さん………行方が……二十日……』

警戒していた行方不明のニュースらしき報道も、僕の耳を素通りしていく。

「あ……む……」

意志に反してますます熱を帯びていくキスを感じながら、僕は目を閉じる怪物を睨みつけていた。

コイツとの意思疏通はできないが、少なくとも、この行為を気に入っているらしいことだけは理解できた。

終わった後に妖しくも、とても幸せそうに微笑むのだ。人を操っておいてお気楽なものだと思う。

互いに喰い合うかのように唇を動かし、重ねていく。まるで更なる深さを求めるように角度を変えながら。絡まり合っていた舌はいつの間にか引っ込められている。耽《たん》溺《でき》しそうになるくらいに優しくも熱情にまみれた口づけに、僕はお互いの境界がわからなくなりそうだった。

呑まれるな……！

崩れかけた心の中でそう叫ぶ。脳が揺さぶられるような感覚に苛《さいな》まれながら、僕は必死に考える。

整理しよう。まず現状。

笑えることに、僕は自分の部屋で、怪物に監禁されている。コイツが僕の前に現れてから大学も休んでしまっているので、この状況を打破する必要があるだろう。

勿論、僕だってこの数日間、いたずらに襲われ続けてきたわけではない。いろいろと抵抗してきたのだ。

まず、普通に逃げた。

あっさりと失敗した。今まさにやられているように、身体を支配され、無理やり部屋に連れ戻されてしまう。

次に、怪物を外に閉め出した。

これも失敗。手を引いて外に出て、キョトンとした顔で立ち尽くす怪物を置き去りに、素早く部屋に戻り、ドアに鍵を掛けてみたのだが……。

僕がリビングに戻ると、怪物は何事もなかったかのように、僕のベッドに腰掛けていた。どうなってるの？　と、思わず床に膝をついたのは記憶に新しい。

さらに、不審者が部屋に入ってきた！　と宣《のたま》って、警察も呼んでみた。

しかし、これもダメ。というか、怪物が姿を消せるということを完全に忘れていた。

警察もかわされ、僕は女性関係のトラブルで呼び出してきた傍迷惑な学生というレッテルを、その警官に貼りつけられてしまった。

何にもかもがうまくいかず、とうとう自棄になった僕は、支配するのにも限界があるのでは？　という仮説のもとで、連続で逃亡を試みてみたのだが……。結果は酷いものだった。

何度も心臓に悪い蜘蛛の幻覚を見せられ、ソイツに糸で引き戻されるわ、脚で弄られるわ、仕舞いには背中に乗られたり、顔を近づけられたりと嫌がらせを受けながら、玄関とリビングを往復するだけに終わったのである。

そんな僕を怪物が飽きもせずに一回一回嬉しそうに抱き締めて出迎えるのは……もう気にしないことにした。

ちなみにその日の夜は何故かいつもより多く血を吸われたように思ったが、多分気のせいではない。

仮説に過ぎないが、もし怪物の支配する力、このエネルギー源が僕の血だとしたら……。

無闇に逆らい続けるのは、そのまま死を意味するのかもしれない。

以上が僕の今までの抵抗である。

他に何を試すべきだろうか。

脱出に失敗するたびに血を吸われるので、あまり続けて試せないのがもどかしい。

「ん……ぷぁっ……んぐ……」

そろそろ終わる頃。思考の海から帰還した僕は、屈しないという意志を込めて再び怪物を睨む。

下顎《したあご》を、僕と怪物の唾液が伝わっていくのがわかる。部屋に響くのは、僕の口から漏れるくぐもった声と、唇が、舌が触れ合う音のみ。

すると不意に怪物の目がゆっくりと開き、僕の瞳を見つめてきて……。

何故だろう、僕は目を逸らせなかった。まるで吸い込まれそうな瞳に、身体が硬直する。

ただ、美しい少女の怪物に捕らわれ、喰われている事実に恐怖しながらも。ほんの少しだけ、もう諦めて委ねてしまってもいいのではないか。そんな悪魔の囁きが聞こえてきたのだ。

致命的な心の隙だった。それを目の前にいる怪物が逃すはずもなかった。

少女の瞳に悪戯っぽい光が宿り……、次の瞬間、その可愛らしい口は僕の舌を完全に捕らえ、呑み込まんばかりに激しく吸い上げ始めた。

「ん、あぎゅ――――!?」

今迄にない衝撃と意表をついた怪物の行動に、視界がスパークする。

完全に未知の感覚だった。本当に舌が引っこ抜かれてしまうのではないか。そんな不安と、認めがたいが身体が生暖かいお湯に沈められていくような快感が僕の心をグズグズに溶かしていく。加えて、操られた僕の手が、ゆっくりと動き始めて……。

それは、彼女の豊満な胸の膨らみへと伸ばされていく。

頭が真っ白になりそうだった。

今までになかった新たな一線が、まさに越えられようとしている。

同時に「ああ、もうダメそう」そんな陥落の兆《きざ》しが見え始め――不意にそこで携帯電話が鳴り響き、充満しかけた退廃的な空気が引き裂かれた。

「っ……あ……？」

痺れと幻覚が脳を過り、僕の身体がようやく自由になる。

少女に味見されていた舌が銀色の糸を引きながらゆっくりと解放され、伸びかけていた手も少女に触れる直前で静止していた。直後、僕が慌てて腕を引いたのは言うまでもない。

ヒリヒリと外も中も疼くような口を手で押さえ、僕はノロノロと少女の怪物を見上げる。

怪物は僕に馬乗りで跨《また》がったまま、音の主を不思議そうに、それでいてどことなく不機嫌そうに眺めていた。

その姿に僅かながら可愛らしさを感じかけ、慌てて頭を振るい、煩悩《ぼんのう》を退《しりぞ》ける。

本当に、早くなんとかしないと危険すぎる。でないと、僕はいずれ……。

絵面的に明らかな犯罪の匂いがする想像を頭から締め出し、携帯電話を見る。ディスプレイに表示されたのは……。今一番会いたくて、だが非常に顔を合わせにくい存在だった。

「京、子……」

恋人の名前が電話番号と一緒に点滅する。そこで僕は反射的に、許しを乞う必要などないはずなのに、怪物の表情を窺ってしまった。

視線の先には、仄かに唇を濡らした怪物がいる。彼女は相変わらずの無表情のまま、鳴り響く携帯電話を見つめていた。

※

「何かあたしに言うことは？」

念のため怪物から距離をとり、意を決して電話に出ると、いつもの心地いいソプラノの声とは程遠い、冷たく低い声が耳に突き刺さった。

「えっと……その……」

「ねぇ、どうしてかな？　あんなに蕩けちゃうくらい約束したのに……」

「――うっ」

ぐうの音《ね》も出ないとはこのことだった。

「大学全然来ないし。メールしても返事ないし。一体どこで何してるの？　あたしはもちろん、純也《じゅんや》君だって心配してたんだよ？」

事実、僕は怪物と遭遇してから、まったく大学に行っていない。……正確には行けないという状態なのだが、京子からしたら大した差はないだろう。故にもう、平謝り以外に選択肢はなかった。

「本当にごめん。体調悪くてさ。メールも気づいてたけど、心配かけちゃうしって思ったら返信内容浮かばなくて……」

「連絡くれない方が心配っ！」

もっともなお言葉です。

でも、本当のことは告げられない。まさか怪物に捕らわれているだなんて、突飛で狂気じみている言い訳だ。下手したら京子からの信用や、その他諸々が崩れ去っていくのは疑いようもない。

「あ、純也君から聞いてね、あたし今レイ君のマンションの近くに来てるの。調子悪いなら言わなきゃダメじゃない。心配だから、今日は泊まるからね！」

「………え？」

思考が凍りつく。今この子は何と言った？　泊まる？　どこに？　僕の部屋？　健全な学生ならば、ここは小躍《こおど》りして喜ぶ場面なのだろう。しかし生憎と、今の僕の部屋は状況が特殊すぎる。

視線をベッドに向ける。電話する僕をじっと見つめる怪物。ここに京子を連れて来たら……。

「ダメだ」

やましいとか、後ろめたいとか、そんな感情よりも京子の身に危険が降りかかる恐怖が先立ち、僕はその言葉を口にする。

部屋にいる怪物が、京子に襲いかからない保証はないのだ。ましてや、もしもあの操る力を京子に使われたら？　彼女の意思が踏みにじられ、支配されるだなんて、僕には我慢がならなかった。

「だ、ダメって……レイ君？」

危機感からとはいえ、無意識に出してしまった僕の硬い声にショックを受けたのか、電話の向こうからショボンとした声が聞こえてきた。それが思わず僕を罪悪感でぐらつかせるが、ここで退くわけにはいかない。

だが、京子を案じて講じた僕の策は……。

「ま、もう遅いけど」

「え？」

「だってもう、レイ君のマンション着いちゃった」

他ならぬ、京子の手によって脆《もろ》くも瓦解《がかい》した。

僕が京子の一言に反応する暇もなく、インターフォンの音が部屋に響く。近くどころか、既に部屋の前まで到達していたらしい。

時刻は夜の九時。大方、サークルの帰りに寄ったのだろうが、それにしても、もっと早くに連絡してくれればよかったものを。

「い、いや。風邪だったとしたらうつる……」

「だったら、せめて顔くらい見せてよ。安心させて」

なおも食い下がる僕に京子はそう懇願してくる。

……こうなったら仕方ない。玄関口で顔だけ見せて、後は帰ってもらおう。

僕は、渋々ながら了承の返事をすると、電話を切り、怪物の方へ向き直る。

「ここにいてくれ。僕は逃げも隠れもしない。だから、間違っても変なことはしないでくれよ」

怪物はキョトンとした顔で僕を見ている。こういう時に意思の疎通ができないのは本当にもどかしい。が、無駄だとわかってても言葉にしなければ落ち着かなかった。

怪物を一睨みした後に、素早くリビングを出る。念のためドアの前へキッチンに置いていた調理補助用のテーブルを置き、通路を封鎖した。

部屋に鍵を掛けても侵入する怪物に対しては気休めにもならないかもしれないが、無いよりはマシ……だと思いたい。

不安を掻き消すように拳を握りながら玄関へ向かう。頼むから、何も疑わず帰ってくれ……。そう願いながら、僕は久しぶりに思える恋人を迎え入れた。

「やっほ～！　……ね、ねぇレイ君、顔色悪すぎない？　何かこう、死体みたい」

「いや、ちょっとそれ言いすぎ……え、そんなに？」

京子の言葉に、無意識で頬に手を当てれば、彼女は無言かつ心配そうな顔でコクコク頷いた。

考えてみれば、毎晩血を吸われた上に、目の前の恋人に面と向かって言えない行為を強要されているのだ。顔色が悪くなっても仕方がないのかもしれない。

「うんでも、確かにまだ体調は微妙かも。うつしたら悪いし、今日は帰った方が……」

「ダメッ！　とにかく、今日は泊まります！　明日の朝御飯とかも、あたしが作るからね。決定！」

どうせロクなもの食べてないでしょ？　と、実に胸に刺さるようなとどめの一言を僕に浴びせ、京子は靴を脱ぎ、ズカズカと部屋に入ってくる。

「ま、待って！　京子、ストップ！」

慌てて引き留めようとする僕。だが、京子はそんな僕を無視してキッチンやお風呂場を横切って進んでいく。そこで、リビングへのドアを塞ぐささやかなバリケードに気がつき、怪訝な顔でこちらを振り向いた。

「……何これ？」

「……何だろう？」

まさか怪物がこちらに来ないためのバリケードです。などと言えるはずもなく、僕は意味を成さない返答をする。すると京子はしばらく僕とバリケードを交互に見て……。不意にニヤリとした笑みを漏らし、僕の方に向き直った。

「ふ～ん。そういうことなんだ」

京子のわかってますよ。と言わんばかりの表情に、何故かとても嫌な予感がした。

僕が恐る恐る「何のこと？」と問えば、京子は両手を前に突き出し、ああ、皆まで言わなくていいよ。と、悟ったような表情になる。

「体調悪い。いろいろ溜まる。タイミング悪くエッチな動画見てた！　証明完了！」

「いや、その理屈はおかしい」

さっきまでの焦燥が一瞬で吹き飛び、思わず真顔でそう否定する。しかし京子の中では既にそれが確定事項になってしまったのか、うんうんと頷きながら、おもむろにバリケードがわりの補助テーブルを脇に退け始めた。

「安心して？　そういうので怒ったりしないから。むしろ見ない方が不健全って聞いたわ？」

「ＯＫ。京子落ち着こう。まずは手を止めて」

そっちは危ないいんだ！　と言って腕を掴む僕を、京子は不思議そうな顔で見る。

「危ないって……。そんなにマニアックなジャンルなの？」

どうしてこう見事なまでにそっち方面に話をねじ曲げちゃうのだろう？　それとも女の子って案外こんなものなのか。

僕の中での京子のイメージがまた一つ追加され、ほっこりするやら悲しいやら。そんな感慨に浸っているうちに、彼女は隙あり！　と、邪悪な笑みを浮かべて、一瞬でドアを開けてしまう。

ヤバイと思った時にはもう遅く。せめて京子の盾《たて》になろうと僕は彼女の前に一歩踏み出して。

「…………んぇ？」

思わず変な声が漏れた。開いたドアの先に広がるリビングには、テレビから流れるニュースの音のみ。あの怪物の姿は影も形もなかった。

「何、で……？」

疑問に答える者などいるはずもなく、僕は背後の京子に肩を軽く叩かれるまで、リビングの入り口にぼんやりと佇んでいた。

※

水が流れる音が、リビングにいても届いてくる。普段、一人で部屋生活していれば絶対に聞くはずのない、お風呂場からのシャワーの音だ。それを耳にする僕は、さっきからソワソワしながらベッドに腰かけ、新聞を読み耽《ふけ》っていた。

心臓が煩《うるさ》く高鳴っている。

それもそのはず。シャワーを使っているのは他ならぬ、付き合いたてホヤホヤな恋人なのだ。これに緊張しないわけがない。

結局、今夜は泊まることになった京子は、僕が既にお風呂に入ったと知るや否や、慌てて自分にもシャワーを使わせて欲しいと申し出た。授業の課題とサークルでの活動に集中して作業したため、一汗かいた上に、手が油絵具で汚れてしまったからとのことだ。

汚れたのはわかったが、何故僕が既にお風呂に入っていたことに慌てていたのかはわからない。

男には理解し得ぬもの。いわゆる女心というやつなのだろうか？

だが、浮かれてばかりもいられない。静かに深呼吸をし、今は僕一人となっているリビングを見渡す。……アイツはどこに行ったのだろうか？

空気を読んだ、という考えもあるが、そんな殊勝なことをする奴ではないだろう。ならば、何故姿を隠すような真似をした？

思えば警察をこの部屋に呼び出した時も、アイツは姿を眩《くら》ましていた。これがどうにも引っかかる。

単純に考えて、いかに屈強な警察官が相手だったとしても、アイツが遅れをとる場面が想像できない。

例えば僕にやったように一人でも支配下に置いてしまえば、それでアイツの勝ちなのに。

それを何故しない？　どうして怪物は僕しか襲わないのか。

漠然とした不安に囚われて、エアコンやタンスの隙間に視線を向ける。

部屋に来た警察官とは違い、長居する僕以外の人間を見て、アイツ今はどう思っているのだろうか？

気がつくと、風呂場からの水音は止んでおり、衣擦《きぬず》れらしき音が聞こえてきた。ホッと一息をついた僕は、読んでいた新聞の夕刊を枕元に置く。怪物のせいで夜のニュースはほとんど見られなかったが、日本は今日も物騒だった。

リビングのテーブルを退かし、手早く布団を敷いて、僕がまたベッドに戻ったところで京子が部屋に入ってくる。

濡れた髪と、上気した肌。多分お泊まり用と思われるパーカー姿に思わず心臓がドキリと高鳴り、僕は慌て目を逸らした。

そんな女慣れしていない反応を京子は目敏《めざと》く読みとったのだろう。クスリと、小悪魔みたいな笑みを漏らしていたが、結局何も言わずに、彼女は僕の隣にチョコンと腰掛けた。

「ただいま〜。アレ？　新聞読んでたの？」

少し感心したような京子に、まあね。と答える。

怪物のお陰で見る頻度は上昇したが、ニュースなどを小まめに見る習慣は、刑事をやっている親戚の叔父さんの影響だ。

煙草とコーヒーを片手に、ニュースと何十部もの違う出版社の新聞を見る叔父さんの姿は今でもすぐに思い浮かべることができる。

ボサボサの髪とは裏腹に、しっかりと手入れしたスーツ。当時ハードボイルドな探偵に憧れていた幼い日の僕は、格好いい……！　と猛烈な衝撃を受け、以来叔父さんの真似をするようになった。コーヒーを飲み始めたのも、確かその頃だ。

「あっ、これこれ！　冤罪《えんざい》だったんだよね。せっかく安心してたのに……」

回想に浸る僕の横で、京子は夕刊の事件欄の一見出しを指差しながら身震いをする。

『猟奇殺人事件再び。逮捕された会社員男性を、証拠不十分で釈放』と書かれた記事は、僕も興味を持っていた。

手口はどれも残虐極まりないが、同一人物による犯行なのか、どうも判断がつけがたいところだ。

「猟奇殺人の中にさ、女子高生相手に事件があったよね。内臓が全部持ち去られたやつ。アレどうやったのかな？　普通に考えると難しすぎると思うの」

非日常だわ……。と、顎に手を当てながら首を傾げる京子。彼女の口から、僕が気にしている事件について語られるとは思わなかったので、僕はまじまじと京子の顔を見つめてしまった。

物凄くいい匂いがした。

「……なぁに？　どうしたの？」

「――っ、な、なんでもない」

からかうように京子が笑い、僕の体温が再び上昇する。そういえば部屋に二人っきり。意図せず頬が熱くなるのを感じた僕は誤魔化すように、部屋のドアの方を見る。

気恥ずかしさを堪《こら》えるようにドアを凝視していると、そこが半開きになっているのに気がついた。京子が閉め忘れたのだろうか。

そこまで考えたところで、僕の思考は完全に凍りついた。

リビングからキッチンやお風呂場などの水回りに続くドア。今は向こうの空間が少しだけ見てとれる。そこに……。

怪物がいた。


じっと、漆黒の瞳が京子を見据えている。表情はない。ただ見ている。それだけなのに、説明しようがない不気味さが醸《かも》し出されていた。

すると、僕の視線に気がついたのか、京子を見ていた無機質な目が今度は僕を捉えて。……ゾワリと僕の全身に鳥肌がたった。

「あっ、そういえばさ～。レイ、私のお風呂覗いてたでしょ～？　もう、ムッツリスケベなんだからぁ……」

青ざめた僕とは対照的な様子で、京子は少し頬を染めながら、肘で僕を小突いてくる。だが僕は、それに対して曖昧にどもることしかできなかった。

京子は知るよしもないだろう。このやり取りすら、怪物はドアの向こうから無表情で見ているということを。

初めて怪物と遭遇した時の、言いようもない恐怖を思い出す。アイツは京子にも、僕の愛する人にも狙いを定めたというのだろうか。

カチカチと震えて音を鳴らしそうな歯を何とか抑え、僕は拳を握りながらドアを睨む。そこにはもう何もいなかった。恐らくまた姿を消したのだろう。

だが、アイツが今夜再び姿を見せることを、僕は半ば確信していた。

ドアの向こうにいた怪物の表情は、僕の血を吸う時や、僕とキスを交わす時と同じもの。ゾッとするくらい綺麗に微笑んでいたのだから。

「てか、レイ君？　何で布団敷いてるの？　そこ誰が寝るの？」

最悪僕が盾に。そんなことを考えていた矢先。不意に京子から横槍が入る。ちょっと出鼻を挫《くじ》かれた気分になりながらも、「僕が寝るんだよ。京子はベッドを使って」と、伝えれば、京子は心底不思議そうな顔で目を丸くした。

「え、何言ってるの？　一緒に寝ようよ」

※

どうしてこうなった。

恋人だから。

自分で問題提起して、自分で解決してしまった事案に、僕は内心で頭を抱えていた。

一方、そんな風に僕を翻弄する張本人は、僕にペッタリとくっついたまま、ご満悦な様子だった。

「んふ～。暖か～い。これは癖になりますなぁ」

時折僕の鎖骨《さこつ》や胸に指を這わせながら、京子は楽しげに囁く。本来ならこの状況は大喜びするところなのだが、生憎、今の僕にはそんな余裕がなかった。

アイツは……今どこにいる？　ドアの向こう側にまだいるのか、それとも、既にこの部屋に入ってきているのか……。もしやとは思うが、姿が見えないのをいいことに、京子のすぐ傍まで迫ってきてはいないだろうか？

頭の中をいろいろな推測や不安がぐるぐる回り、僕はどうしても動揺を抑えきれなかった。

「……レイ君？　大丈夫？　もしかして、緊張してる？」

警戒する僕の顔は、いつもより強張っていたのだろう。京子は不安そうな顔で僕を見ながら「あっ……ごめん。まだ本調子じゃないんだもんね」と、頬を掻く。

そのうち、そろそろ寝よっかという京子の一言を合図に、部屋の照明が落とされた。

京子の頼みで電気は完全には消さず、常夜灯だけ点けている。京子曰く、真っ暗だと眠れないのだそうだ。

普段は電気を消して寝る僕なのだが、今夜ばかりは都合がいい。ぼやっとした、頼りない灯りだが、これで何とかアイツを捕捉できるだろう。

神経が張りつめて、キリキリとありもしない音が身体の中で響くようだった。同時に、少しでも気を抜けば京子の温もりに顔が緩んでしまいそうにもなる。今夜は二重の意味で眠れなそうだった。

「……ごめんね」

すると不意に、ポツリと京子が呟いた。わけもわからず京子の方を見れば、彼女は僕の腕の中で不安そうにこちらを見上げていた。

「えっと、何が？」

「ほとんど無理矢理に押し掛けちゃって……心配だったとしても、少し軽率だったね」

「い、いや……大丈夫だよ」

「……本当に？」

「本当だよ。身体だってもうほとんど平気なんだ。ただ……ちょっと憂鬱なだけ……だよ」

あれこれ考えて、それっぽい理由を引っ張り出す。罪悪感に僕が内心でうちひしがれていると、京子はバツが悪そうに上目遣《うわめづか》いになる。その瞬間、僕は心臓を鷲掴みにされたような感覚を味わった。

そんな僕を知ってか知らずか、京子は潤んだ瞳を揺らめかせ、ゆっくりと顔を近づけてくる。

「でも、やっぱり心配だったの。一目見たら、レイ君、この間より参ってるように見えて……。もしかして何かあったんじゃないかな……って」

まぁ、身体が大丈夫なら、よかったんだけどね。と、京子は笑う。一方の僕は、言葉を発することができなかった。

お風呂上がりということもあるのだろうが、女性特有のいい香りが僕の鼻腔をくすぐって。続けてギシリという音が耳に入ってくる。京子が身体を起こし、僕の左右真横に手をついていた。ちょうど僕に覆い被さるようにして見下ろす形になった京子の瞳は、何だか不思議な光を放っていた。

「き、京子？」

「……身体が大丈夫なら、後はあたしが癒《いや》してあげちゃうんだから」

「……ま、待って。何を……」

「……ナニ、考えてると思う？」

「う……あ……」

僕が完全に身体を硬直させていると、京子は少しはにかむような表情で少しずつ、近づいてくる。

「レイ君、可愛いっ……あたし、もう……どうにかなっちゃいそうだよ……！」

僕はただ、身体を強張らせていた。

「レイ君を……食べちゃいたいな」

甘えるような京子の声がする。それでも僕は動けない。すると京子が可愛らしく首を傾げながら……チロリと舌舐めずりするのが見えた。

「ねぇ……ダメぇ？」

もう限界だった。これ以上は心臓が、精神が保《も》たない。まったく反応を返さない僕を、きっと京子は訝しがっていることだろう。

勿論、僕だって好き好んで黙りを決め込んでいるわけではない。

反応を〝返さなかった〟のではない。〝返せなかった〟のだ。

京子の言葉は、途中から僕の耳に入っていなかった。

何故なら、京子が身体を起こしたその瞬間、京子のすぐ後ろに、まるで煙が立ち上るかのように怪物が姿を現したのだ。

そこから発せられる無言の威圧感《プレッシャー》。それに当てられた僕は、操られているわけでもないのに、指一本も動かせなかったのである。

「……いい、の？　しちゃうよ？」

薄暗いからか、京子は僕の視線の先にあるものに気づいていない。固まる僕に何を思ったのか、彼女はゆっくりと手を伸ばしてくる。すると、その背後で音もなく怪物が動いた。

白磁《はくじ》のように白い手がゆっくり、ゆっくりと、京子の首元に伸びてくる。まさか……絞め殺すつもりか⁉

「やめろ！」

血が凍りつくような錯覚を感じると同時に、僕は半ば反射的に京子を引き寄せ、身体を反転させる。気がつけば、ちょうど怪物と京子の間に割って入るかのように、僕は彼女を押し倒していた。

「やめてくれ……頼む……頼むから……」

僕は背後の怪物に訴える。僕はいい。でもせめて……京子だけは……。

無意識にカタカタと震える僕の下で、京子の息を飲む声が聞こえる。

長く重苦しい沈黙がその場を支配していた。

「……ごめん、なさい」

不意に、僕の下から京子の声が聞こえる。消え入りそうな、力のない声が、チクリとした痛みを僕にもたらした。

「京子、あの……」

何か言おうとした僕を遮り、京子がゆっくりと身体を起こそうとしたので、僕も慌てて彼女の上から身を引いた。さりげなく周りを見渡すと、怪物の姿は忽然《こつぜん》と消えてしまっている。

……また、いなくなった？

ベッドに座ったまま、僕が戸惑いを隠せない表情を浮かべていると、京子がおずおずと僕の手に小さな手を重ねてくる。

「ごめんなさい……あたし、今日はやっぱり帰るね」

そう言って京子は立ち上がり、手早く帰り支度を始めてしまう。

「も、もう夜遅いから……」

「まだまだ電車残っているから。心配しなくても大丈夫よ」

引き止める僕を振り切り、京子はあっという間に布団を畳んでしまう。そのまま何を思ったか一度電気を点け、彼女は僕の方へ向き直った。

「ごめん。今日は頭を冷やしたいの。そうだよね。まだ早いよね。一ヶ月しかたっていないのに……あたし、焦《あせ》っちゃって」

どうやら、京子は僕に拒絶されたと勘違いしたらしい。違うと否定する僕に、京子は「無理しないで。震えてたよ？」と告げ、そっと遠慮がちに僕の頬を撫でる。

「レイ君の気持ちを考えないあたしが悪いの。だからレイ君は気にしないで。今日は、一旦戒《いまし》めに帰るだけよ」

そう言って今日は鞄を抱え、僕に力なく微笑みかける。泣きそうな瞳だった。

「虫のいい話だけど、嫌いにならないで欲しい。あたしはレイ君が……大好きなんだよ。これだけは覚えてて」

そう言い残して京子は玄関へと歩いて行ってしまった。

僕はただその場で固まっていたが、玄関からの物音を聞いた瞬間、弾かれたかのように立ち上がり、無意識に彼女を追いかけていた。

「京子！」

半ば叫ぶような僕の呼び掛けに、玄関で靴を履いていた京子の動きがピタリと止まる。彼女の目尻には、僅かながら涙が滲んでいた。

「あの、来てくれて、心配してくれて本当に嬉しかった。ぼ、僕も、京子のこと大好きで……それで……」

どう言葉をかければいいかわからずに、しどろもどろになる僕を見て、京子はクスリと笑ってくれた。そのまま指で涙を拭《ぬぐ》い取った彼女は、ぴょんと一跳ねし、僕の胸に飛び込んだ。

「これだけは許してね？」

甘くて優しい声が僕の耳をくすぐって。直後、有り得ないくらいに情熱的な。もの凄いキスをされた。

身体中の力が抜けて、頭が真っ白になるくらいの快感が僕を突き抜けて……。

「あはっ……どう？　気持ちよかった？」

膝が砕けそうになるのを必死に堪えていると、僕を解放した京子はチロリと唇を舌で濡らしながら、目を妖しく輝かせた。たまに垣間《かいま》見える、京子の別な側面。それはいつも以上に敵わないと僕に思わせるようで……。僕はただ喉を鳴らしながら、コクコクと無心で頷くしかなかった。すると、そんな僕の様子を見た京子は、嬉しそうに目を細めると、僕の唇に流れるように指を這わせる。

「早く、元気になってね。続き、待ってるから」

小悪魔みたいに思わせ振りな言葉を述べながら、天使みたいな笑顔を浮かべて。京子は「じゃあね」と、もう一度軽いキスを僕に落とすと、風のように部屋を後にした。

残された僕は、しばらく立ち尽くしてから、やがてズルズルとその場に崩れ落ちる。いろいろと、極限だった。

身も心も守りきれたかどうかは微妙なところだが、京子が怪物の毒牙にかかるのは、何とか防ぎきれたと思っていいだろう。

束の間の安堵を僕が感じていると、不意に後ろから無遠慮にドアが開かれる音がする。振り向くと、そこにはやはり怪物が立っていた。

……しかし、どういうわけだろうか。その様子はどこかいつもと違っているように見えた。

「…………何だよ。どうしたのさ」

怪物は京子が出て行ったドアをじっと見つめている。今まで何か興味深げなものを見つけて観察していても、数秒後には意味もなく僕を見つめてきた怪物の瞳。それが今は、まるで京子の行き先を追い求めるかのように。妙な話だが、怪物自身が戸惑っているかのように、いつまでもいつまでもドアを見つめている。

そこには微かだが燃えるような何らかの情念が渦巻いているように感じた。

やがて、怪物のいつも以上に熱を帯びた視線がゆっくりと僕に絡みついた。

嫌な予感がしたその直後、電流が身体を蝕《むしば》み、幻覚が脳と視界を犯していく。網《あみ》に磔《はりつけ》にされた僕の上に、巨大な蜘蛛が身を震わせながらのし掛かってきていた。

それは怒り狂っているようにも、泣き叫んでいるようにも見えて……。現実に立ち返った頃には、もう身体の自由はきかなかった。

後に響くのは、はしたない口づけの音だけ。だが、どうやら今宵《こよい》はそれだけでは終わらなそうだった。

「やめ、て……くれ……」

ようやく解放された口で必死にそう訴えても、怪物は止まらなかった。長い舌が耳に移動して、丹念にねぶり回したかと思えば、まるで口噛み酒でも作るかのように優しく耳を食《は》む。

たまらず僕が情けない悲鳴をあげれば、怪物は獲物を見つけた猛禽《もうきん》類のように目を細め、静かに僕を玄関に横たえる形で押し倒した。

しなやかな肢体が絡み付いてくる。蛇に食べられる蛙《かえる》の気持ち。今なら世界中の誰よりもよくわかる気がした。

「や、だ……！」

目尻に涙が浮かぶ。京子がくれたぬくもりや幸福感がどんどん上書きされていくようで、それがひたすらに悲しかった。

やがて、再び僕の腕が無理矢理少女へと伸ばされる。今度は僕に為《な》す術《すべ》など残されていなかった。セーラー服の胸元を押し上げる膨らみに僕の手が飲み込まれていく。

それは、僕にとって理解不能な未知の世界だった。弾力と、少し硬い……多分下着の感触。加えて追い討ちをかけるかのように怪物からは花みたいな香りがして……。

僕の精神は解体される一歩手前だった。

「――っ、…………っ」

僕の頬に顔を寄せていた怪物が、興奮したように息を乱すのを感じる。僕は目を合わせるのが怖くて、ただギュッと瞼を閉じていた。目は、合わせちゃいけない。そんな本能的な直感があった。操られた僕の手が怪物に触れる度に、僕だけでなく怪物の体温も上がっているように思えて、それが何を意味しているかなんて、今の僕がわからないはずもない。

だから、顔を合わせちゃ——。

電流が走る。自由になれた。だが、その瞬間に首ごともっていかれそうな凄まじい勢いで、僕の頭がガッチリとホールドされ。そのまま糊《のり》づけするかのような激しいキスが始まった。

こっちを見て！　見ろ……！

そんな金切り声が聞こえたような気がする。

屈服を迫るようなそれに僕は身体を捩《よじ》らせ、必死に抵抗した。このままだと、本当に肉体的にも性的にも喰われてしまうのではないか。

そうこうしているうちにフルーツを握り潰したかのような、一際大きくて、下品な音が響く。ついに僕らの唇が離れたのだ。何本もの銀色の滴はまるで名残《なごり》を惜しむかのように糸を引き、床や僕の頬を濡らしていた。そして……。

「あ……、あ……！」

そこで僕の思考と身体は完全に硬直した。

危険だとわかっていたのに、僕は図《はか》らずも怪物を見てしまったのである。

頬を紅に染め、肌を上気させている少女の怪物からは、匂い立つような色気が立ち上っていた。潤んだ瞳が僕に向けられて、湿った唇の上を小さな舌がチロリと這う。そのまま、内緒話を秘めているかの如く、少女の口元に当てられていた手がゆっくりとこちらに伸びてきて。

……目の錯覚だと笑われたらそれまでだ。けど、そこにいたのは紛れもなく、ただ恋をしている女の子に見えた。

叶わぬ恋に身を焦がし、果てることすら厭わない。そんな熱情と切なさが込められた怪物の表情に。その時僕は圧倒され……認めがたいが見とれていたのだ。

「お願いだ……！　待って……！」

声は届かなかった。

僕の身体は支配され、少女の怪物に導かれるまま、僕は再び彼女の肌に触れる。怪物はあり得ない程に柔らかく。血の通った人間そのもののように生暖かった。

背徳感に苛まれる夜。結局、少女の怪物は僕を一晩中離さなかった。それと。一応、最後の一線だけは守り抜けたとだけ明記しておこう。

※

「焦りすぎた……」

恋人の部屋を後にし、そのまま帰宅した山城京子は一人で反省会を開いていた。

「下心出しすぎ……気づかれたかな？　嫌われるのは免《まぬか》れたみたいだからよかったけど、次はもっと慎重に……」

机に突っ伏しながらブツブツと呟く京子。それは心焦がれる相手がいるからこそ出てくる、他人には見せられない姿だった。

「……あ、やば。忘れてた」

そこで不意にそんな独り言を呟きながら、京子はリモコンを引っ張り出す。

恋人ほどではないが、京子もまた、最近はよくニュースを確認するようになっていた。テレビの電源を入れ、チャンネルを回す。ちょうどよく緊急速報が入っており、猟奇殺人事件再び。これで三件目。と報道されていた。

あの女子高生のもカウントするなら、通算四件目だろうか。つい先程発見された遺体は内臓全てではなく、内臓の一部が持ち去られていたと、ニュースキャスターが深刻そうな顔で告げていた。他に目立った新情報はなさそうだ。京子はそこで興味を失い、ぼんやりと部屋の天井を仰ぐ。

「レイ君……」

その言葉が出たのは無意識だった。優しい彼。デート中に何度も声が上擦《うわず》り、その度に必死で取り繕《つくろ》う可愛い彼。今日、自分が部屋を訪ねた時にあんなに挙動不審だったのも、緊張からくるものだったのだろう。

お風呂を覗く度胸はあるのに、変な話だ。

密かに思い出し笑いを漏らしながら、京子はパジャマに着替える為に服を脱ぎ始める。そういえば小腹も空いてきたわね。と、一人ぼやきながら。

朧気な冷蔵庫の中身を京子は必死に記憶から引っ張り上げる。その最中、襟元《えりもと》に何かが付着しているのに気がついて、京子は思わず首を傾げた。

指を伸ばし、触れてみる。纏《まと》わりついていたのは蜘蛛の糸だった。

「気持ち悪っ。どこで引っ掛けたんだろ？」

不快気に顔を歪《ゆが》めながら、京子は流しへと歩く。糸は思っていた以上に絡みついていてなかなか落ちない。比例して京子の唇が尖り始めるが、生憎と咎める相手はここにいなかった。

「……決めたわ。あたし、粘着質な女にはならないようにする」

ふと、何故か芽生えた謎の決意と共に、京子はその不気味な蜘蛛の糸を洗い流し、夜食の準備に取り掛かる。そこでふと、彼女は一つ気になることがあったのを思い出した。

「……レイ君からあたしじゃない女の子の匂いがした気がしたけど……気のせい、だよね」

彼は、そんなに器用ではないはずだ。でも、もし気のせいではなかったら……。

まな板を叩く音が一段と大きくなる中、京子の口元は笑っていた。

第四章　阿久津純也

アラームに設定したお気に入りの曲。そのメロディーで僕がゆっくりと目を開けると……。

視界が黒一色だった。

寝起き故に困惑しかけた僕だったが、顔に当たる危険な程に柔らかい双丘《そうきゅう》と甘ったるい匂い。そして、後頭部を撫でられるヒヤリと冷たい手の感触に、思わずため息をついてしまう。

怪物の仕業だった。朝になるとこちらを覗き込んでいるか、頬など僕の身体を弄くり回しているか。はたまた今のように抱き締めている。このどれかが確実に行われるようになってしまった。

だからもう、僕は驚きを通り越して慣れの境地まで入ってきてしまっている。我ながら人間の適応力って凄いと思う。

ともかく。起きたからには朝食の準備がしたいので離れようとするが、例によって怪物は離してくれない。それでも僕が抵抗を続けていると、目眩《めまい》に似た痺れが走り抜ける。すると部屋の景色はそのままに、少女の姿が消失し……。

あの巨大蜘蛛が天井から落ちてきて、ワサワサ、カサカサと、勢いよく走り込んできた。猫まっしぐらならぬ、蜘蛛まっしぐらだ。そして、幻覚《これ》を見ても僕はとうとう悲鳴すらあげなくなってしまっている。つくづく慣れは恐ろしい。

苦々しい顔になっていることを自覚しながら立ち尽くしていると、幻覚の蜘蛛がピョンピョンその場で飛び跳ね始める。まるで、「遊べ～遊べ～」と、駄々をこねる子どものようだ。そんなことを考えていると、蜘蛛は一際高くジャンプして……。その八本脚で僕の頭をヒシッと抱き締めた。

途端に毛むくじゃらなお腹がザリザリと僕の顔に擦りつけられて……。こればかりは流石に全身に怖気《おぞけ》が走った。すると、そこで白昼夢が終わり、視界がクリアになる。

もう、身体は動かなくなっていた。

そうですか。何だかわからないけど、今は離したくないのね。そう悪態をつきながら、僕は抵抗を止めた。

最近思うことがある。いわゆる「支配の力」が使われる瞬間に視《み》る、あの幻覚は……。もしかしなくても、コイツの意志をそのまま表しているのではないか……と。

つまり、話せない上に少女本人もあまりアグレッシブに動かない代わりに、あの巨大蜘蛛が身ぶり手振りで僕に意志を叩きつけているのだ。

考えれば考える程に、嫌な想像だけれども。

「……離してくれないかな」

されるがままに抱き締められる僕の、なげやりな声が部屋に響く。悲鳴をあげないことを察したのか、怪物は京子が来たあの夜以来、僕の声を奪わなくなった。

それどころか、僕が喋れば喋るほどに、妙にコイツは機嫌がよくなるのだ。

これもまた、ある意味での慣れというべきか。一応弁明するならば、コイツが何かをしてくることに慣れたというだけで、抱き締められたり、キスをされたり。挙げ句、血を吸われる行為そのものに慣れたというわけではない。今だって、僕は精一杯理性と戦っている。

見た目が女子高生なのに、コイツはちょっと肉感的すぎるのだ。京子がかなりスレンダーなので、余計にそれが際立って……。

「違う違う。バカ止めろ」

我に返った僕は、いつものように現実逃避、もとい思考を巡らせる。こうしなきゃおかしくなりそうなのだ。

なぜ僕の部屋に居着く？

京子に関心を持ったように見えたが、実際どうなのか？

血を吸う時に流し込んでくるものは何だ？

結局、あの女子高生との関係は？

並べてみるとわからないことだらけなのに、それが次から次へと増えてくるのは本当に勘弁して欲しい。

甘い痺れが走った。「支配の力」が途切れたらしい。自由となった僕は、改めて怪物を見る。漆黒の瞳が、僕を見つめ返してきた。

そこでふと考えた。幻覚に出てくる巨大蜘蛛が怪物の意志だとして。いつかにエアコンから出てきた蜘蛛はなんだったのだろう。やはりあれが目の前にいる怪物の本当の姿なのだろうか。ならば、少女の姿をしている意味は？

頭が痛くなってきた。そこで考察を中断し、台所へ向かう。今度はちゃんと解放してくれたことにちょっとホッとしながら。

朝だからトーストとコーヒーが必要だ。

そう思いながら冷凍庫を開けた僕は、軽い驚きに目を見開きながらも、思わずため息をつく。

「何てこった……」

僕は力なくその場に座り込み、チラリと、怪物がいるリビングに視線を向ける。

怪物が居着いて、僕が捕らえられてから、既に一週間と少し。

今までは、冷凍庫に大量にストックしていたパンや、レトルト食品、米とパスタに野菜ジュースで何とか食い繋いできた。しかし、当然ながらそれはいつまでも続くものではない。

ついにこの部屋にある全ての食料が尽きてしまったのである。

「……どうしよう?」

怪物は僕が外に出ようとすると、支配の力を使い、この部屋に留まるように仕向けてくる。ただでさえ血が抜かれ続けているのに、そんな状況で食料が切れるのは……間違いなく、死を意味していた。

再び大きなため息が漏れる。……嘆いてばかりもいられない。

深呼吸をして、ベッドにちょこんと座っている怪物と向き合う。目的はそう、部屋からの脱出。これを今日中に成し遂げねば、僕に未来はない。

この現状を打破するため、僕はまず、極力怪物に支配されなさそうな作戦を幾つか頭の中で組み立てて、それを実行に移してみることにした。

「なぁ、僕はね。ご飯を食べなきゃ死んじゃうんだよ」

言い聞かせるように話す僕を怪物はまっすぐ見つめてくる。漆黒の瞳に危うく引き込まれかけるが、何とか持ち直し、僕は話を続ける。

「そもそもさ。ここは僕の部屋なのに君が我が物顔で居着いているのは……まぁ、問題だけど、今は置いておこう。言いたいことがある」

僕はパン！　と、顔の前で手を合わせる。音にビックリしたのか、怪物がちょっとだけ身体を跳ね上げたのが新鮮だった。

「逃げも隠れもしない。そもそも僕が帰る場所なんてここだけなんだ！　だから頼む。外を出歩かせてくれ！」

話が通じないのはわかっている。でも、ニュアンスや、必死さくらいはわかってもらえないだろうか？

おずおずと怪物の反応を観察してみる。

怪物は、相変わらずキョトンとした顔でこちらを見ていた。ダメか。ならば。

「いいかい？　この地図の通りに歩いて着いた先で、これを買ってくるんだ。いいね？」

玄関まで怪物を引っ張っていき、そっとメモを渡す。

そうして怪物をドアの外に出し、僕はリビングへ戻る。僕が出れないなら、怪物に買ってきてもらおうという作戦だ。

……当然ながら、失敗した。僕がリビングに戻ると、怪物はベッドに腰掛け、僕から受け取ったメモと地図を弄くって遊んでいた。

そもそも似たようなことを前に試したではないか。と、僕は己の迂闊さを呪う。いや、それ以前に言葉が話せないコイツにお使いを頼む時点で間違っていた。

　僕は猛省し、次なる手を考える。

　玄関ではなく、ベランダから逃走してみる。これは安定の「支配の力」が行使された。

　部屋から蜘蛛が「おいで、おいで～」というように脚をワシャワシャ動かすという酷い幻覚を見た後、ベランダの縁にかけられていた僕の足が後退し、部屋へ戻っていく。わざわざ窓とカーテンもきっちり閉めてくれたことには感謝するべきだが、これでまた振り出しだ。

　怪物に抱き締められながら、僕は考える。

　もう少しだとは思うのである。部屋を僅かな間だけ出ることは、たまに成功するのだ。けれども、そこから先に進めない。

「落ち着け。僕、落ち着け」

　怪物が僕の髪を弄くり回すのを感じながら、僕は自分に言い聞かせた。

　今まで試したことを、もう一度整理する。何かいい方法は……。

「ん……待てよ？」

　不意に、僕の頭をある考えが過る。過去二回、怪物を外に出すことには成功している。が、どちらもドアを閉めて、僕が部屋に戻ってみると、アイツも戻って来ていた。

では、例えば、僕が部屋を一緒に出てみたら？

時間経過に伴い、身体が自由になる。そのまま僕は素早く怪物の腕から抜け出し、さっきのお使い作戦の時のように怪物の手を取り、立ち上がる。

試してみる価値はあるはずだ。怪物を伴い玄関に移動した僕は、意を決してドアノブに手を掛けた。

※

結論から述べると、何とかなってしまった。

僕は今、久しぶりになる外の空気に酔いしれながら、ぐっと伸びをしていた。

ああ、太陽が眩しい……だなんて当たり前なことを口にしながら、自分の隣を眺める。

つい先程まで傍にいた怪物の姿は、今はどこにもない。

「やっぱり、そうなのかな……？」

人知れず呟きながら、辺りを見回す。僕が歩いているのは人通りの多い商店街。ここに差し掛かるまでは怪物は黙って僕に手を引かれながら歩いていた。

だが、僕が他の人を認識した瞬間、怪物はなんの前触れもなく。まるで煙のように消えてしまったのだ。

　怪物は僕以外の人間の存在が近くに来たことを察知した場合、姿を隠す習性がある。警察や京子が家に訪ねて来た時のことを考えても、これはまず間違いないようだ。もしかしたら、僕がアイツを恐怖するように、アイツからしても僕たち人間は、恐怖……とまではいかなくとも、油断のならない存在なのかもしれない。

　あれこれ考えている内に、僕は目的の場所に到着する。自動ドアが開く音と共に、僕はいつも通っているスーパーマーケットに入った。

　食料がある……！

　感動にうち震えながら僕は籠《かご》を持ち、食材の吟味《ぎんみ》を始めながら、怪物のことでわかってきたことを整理していく。

　外に出てみてわかってきたことというか、推測できることが後一つある。

　あの怪物は……。

「レイ⁉　レイだよな？」

　突如、背後から響いた声に振り返る。

　ブラウン色に染めた髪。薄手のスポーツウェアに下はジーンズというシンプルな格好。がっしりとした体格と整った精悍《せいかん》な顔立ちは、そこにいるだけでしっかりとした存在感を発揮している。

大学に来て以来の友人、阿久津《あくつ》純也《じゅんや》がそこに立っていた。

※

「しかしまぁ、まったく大学に顔出さないから心配してたが……顔色悪くなった以外は元気そうだな」

お酒やつまみの入った袋を持ちながら、純也はニッと男くさい笑みを浮かべた。

やっぱり顔色は悪いのか。そう思いながらも、僕もまた、久しぶりの友人との会話が嬉しくて自然に笑顔がこぼれる。

スーパーマーケットで偶然遭遇した僕たちは、そのまま純也の部屋で飲もうという話になった。

なんでも、純也は元々今日は友人の部屋で飲む約束をしていたのだが、その友人が直前になってキャンセル、仕方なく一人寂しく飲もうとしていたところに僕が通りかかったらしい。

そんなわけで、現在は純也の部屋へ向かって二人並んで歩いている。のだが、その道すがら、僕は純也に気づかれないように時折後方などを確認していた。

アイツの……怪物の姿は、やはりない。

人目につくところでは姿を表さない、という法則は、どうやら今も守られているようだ。京子という例外もあったが、あの時の怪物は、彼女の背後に回って極力気づかれないよう腐心していたように見えた。

……いや、腐心はおかしいだろうか？　アイツに心があるかどうかなんて僕には知る術がない。一応、たまに微笑んだりはするが、実際どうなんだろう？

「と〜うちゃ〜く！」

僕があれこれ考えていると、純也の陽気な声と共に、木造の二階建てのアパートが見えてきた。築何年なのかはしらないが、来る度に思う。凄いオンボロアパートだ。

大家さんらしきお爺さんが、庭で魚を焼いている光景がますますその感想に拍車をかけている気がする。

「ああ、おかえり」と、いうお爺さんに軽く挨拶し、僕たち二人は純也の部屋がある二階へと登っていく。一歩進む度に階段が軋《きし》みをあげていた。地震でもきたら倒壊するのではないだろうか？　僕がそんなことを危惧しているうちに、純也の部屋の前までたどり着き、特に打ち合わせをしたわけでもないのに、二人揃って一息つく。今気づいたのだが、純也の部屋も角部屋だったようだ。

鍵が回る音と共にドアが開き、「相変わらず狭いが、まぁ、入れや」と、いう純也に促《うなが》されるままに、僕は部屋に足を踏み入れる。

入る直前に、僕は再び外を確認した。

魚が焼ける芳《こう》ばしい匂いと、立ち上る煙が視界に映る。怪物の姿は最後まで見ることはなかった。


――そして。


「おい、レイ！　山城とはどこまでいった？　ヤッたか？　ヤッたのか？　具合はどうだった？」

「ストレートすぎない？」

「カーブならいいのか？　行き着くとこは一緒だぞ？」

「……フォアボールとか」

「塁に逃げてもアウトは取れるんだぜ？」

「……セーフで」

「童貞が？」

「……童貞が」

「ありゃりゃ」

純也のオンボロアパートで、ささやかな酒盛りを楽しみながら、僕は久方ぶりにリラックスして、心の底から楽しんでいた。

外はもうすでにとっぷりと日が暮れ、虫のさざめきと、夏の夜特有の爽やかな風が網戸から流れ込んでくる。

真っ昼間からずっと飲んでは語らい、たまにテレビゲームに手をつけたりと、いろいろやってはいるが、疲れらしい疲れは感じていなかった。

お酒に強い純也はともかく、それなりの僕が、あれだけ飲んでここまでちゃんと意識を保っているのも珍しい。

思えば、怪物が僕の家に来てから心が休まった記憶がない。

京子が来た時なんか、別の意味で心臓が破裂するかと思った。初めて彼女が部屋に遊びに来たというのに、散々な結末になってしまったと自分でも思う。

「いや、でも流石にキスはしたろ？」

「う……まぁ……うん」

「おい……うぶすぎだろ。中学生か」

呆れたように肩を竦める純也。

といっても、僕は誰かとつき合ったことはないのだ。軽い男だと彼女に見られたくないという、経験皆無な男特有の慎重さというのがあったりするのである。そこをわかって欲しい。

なんてことを僕が言うと、純也は笑いながら「バーカ」と、僕の頭に軽く拳を当てた。

純也とは、いつもこんな感じ。僕に関しては非常に珍しいことではあるが、くだらない馬鹿話で盛り上がる。性格はほぼ真逆なのに、不思議なものだ。

「悪い、煙草切れたから買ってくるわ。エロ本でも漁って暇潰してててくれ」

そこからまたしばらく他愛ない話が続いていた中で、純也はそう言って立ち上がる。漁ってたら絶対からかわれるパターンだよなぁと思いつつ、微妙に千鳥足な純也を見送る。部屋に残された僕はなんとなくベランダに出てみることにした。

そこはちょっとした寛《くつろ》ぎスペースになるくらいの適度な広さがあり、実はさり気なく僕のお気に入りの場所でもある。純也の部屋にお邪魔する度に一回は腰掛けさせて貰っているくらいだ。

「猫かお前は」と、純也にはよく笑われたけど、今は酔い醒ましにちょうどいい。

心地よい夜風が、身体の熱を冷ましていく。すると、すぐ近くから静かな旋律が聞こえてきた。横を見ると、隣の部屋の住人だろうか？　三十代前半ほどの男がアコースティックギターを携えて、僕と同じようにベランダに出てきていた。

隣人さんは、僕に微笑みながら会釈すると、再びギターを掻き鳴らし始める。綺麗な月が浮かんだ夜空に映える、とても美しい音色だった。

目を閉じて、深夜の即席コンサートに耳を傾ける。久しぶりに思える安らいだ時間の中で、僕はそっと自分の首を指でなぞった。今のところ、怪物から僕に対しての介入はない。

「支配する力」を、怪物は僕が部屋から逃げようとするたびに、あるいはそれ以外の目的を為す時に使っていた。

なのに、今の僕にはそれをやってこない。

姿を消したままだと力を使えないのだろうか。いや、もっと掘り下げて考えるなら、人目につくところでは姿を見せないだけではなく、あの力は使えないのではないだろうか。これが正解な気がする。

つまり、僕が誰かと常に一緒にいれば、怪物から逃れることができるし、襲われることもないのではないだろうか？

勿論、ただの推測だ。ちょっとしたことで破綻しそうだが、今はこの可能性を前提に行動してみよう。上手くいけば、大学は勿論、自由に外出も可能になるかも。

僕はそう思いながら、相変わらず美しい旋律を楽しんだ。

久しぶりの友人との会話、お酒、怪物の習性の一部を把握したこと、そして何より、初めて怪物の手を離れた高揚感もあったのだろう。僕はいつもよりだいぶ前向きで、緩みきった心情だった。

どこかで聞いたような、それなのに名前が思い出せない曲が始まった時、僕は鼻唄混じりにうっとりと顔を夜空に向けて……。

　不意に、ポトリと僕の頬に何かが落ちてきた。

「へ……？　ひっ！」

　頬を生き物が這い回る、不気味な感触が撫でていく。反射的に短い悲鳴をあげながら、片手でそれを弾き飛ばすと、虫らしき黒い塊が部屋の窓ガラスまで吹き飛ばされ、窓の縁に不時着した。

　長い脚が、虚空を泳いでいる。それはできれば僕が一番見たくない生き物……蜘蛛だった。

「う、わ……！」

　その場で固まっていると、蜘蛛は部屋の明かりから逃れるように、ベランダの隅へと移動していく。一瞬だけ、僕の方に向き直った気もしたが……見間違いだろう。そのはずだ。

　やがて、その姿が見えなくなったところで、僕はようやく緊張の糸が解け、へたりと座り込んだ。騒いでいるのを不審に思ったのだろう。隣人さんが心配そうにこちらに顔を向けているのが見えたが、反応する余裕はなかった。

　虫は虫でも、蛾《が》とか、蝿《はえ》とか、そんなのだったらまだいい。何でよりにもよって蜘蛛が落ちてくる？　偶然にしては出来すぎではないだろうか。こんなのまるで……。

「たっだいま～」

僕が嫌な胸騒ぎを感じていると、少し酒に酔ったかのような、陽気な声が聞こえてくる。どうやら純也が戻って来たらしい。

「悪い悪い、コンビニでつい立ち読みしちまったよ。お詫びに酒とつまみ追加で買ってきたから許してくれや」

「あ、うん。ありが、と……」

そう言って男くさく笑う純也から、お土産の袋を受け取った時、僕は言葉を失った。普段なら気にも留めないもの。だが、現状の僕からは信じがたいものが、純也にこびりついていた。

「純也……それ……」

掠れた声でその一点を指差す僕を見て、純也は、「ん？」と、不思議そうな声を出しながらその視線の先を追い、ああ。と、納得したかのように頷いた。

「全部取れてなかったんだな。帰りに近道で桜並木の下を通って来たんだけどさ。そこで思いっきり顔面から突っ込んじまったんだよ」

純也は笑いながら、肩口にこびりついていた粘着性のそれを指で摘まみ、窓から外へ投げ捨てる。紛れもなく蜘蛛の巣の残骸だった。

夜風に流されてふわふわとどこかへ飛んでいく銀の糸。月光に反射するそれを、僕はただ呆然と眺めていた。

さっきの蜘蛛に、純也が引っかけたという蜘蛛の巣……。

その時、僕の脳裏には突飛で不吉な考えが過っていた。

「……どうしたレイ？　顔色悪いぞ？」

不思議そうな顔でこっちを見る純也に何でもないと告げ、僕は缶ビールを手に取る。

偶然だ。そんなことあり得ない。

アイツが僕に干渉して来なかったのは、消えていたからだけではなく。もしかしたら、あの後本当に僕を見失っていたからなのではないか？　アイツは今、町中の蜘蛛を使って血眼《ちまなこ》になって僕を探しているのでは？　だなんて……。そんな三流のホラー映画みたいなこと、あるわけがないではないか。

すでにその映画に出てくるような怪物と僕は遭遇している、という事実は無視して、僕はビールを喉に流し込んだ。

酔いは、完全に醒めきっていた。

※

それは、突然の出来事だった。

不意に僕の前方から、工事現場で見られるような重機が、物凄い勢いでこちらに向かって突進してきたのである。

運転席には誰も乗っていないのに大きなショベルが振り上げられ、僕の頭を目掛けて降り下ろされる。

悲鳴などあげる暇はなかった。反射的に横へ飛び退けば、理不尽な暴力から逃れた僕の耳に、トマトが潰れたかのような嫌な音が飛び込んできた。

地面に叩きつけられたショベルの下には、いつからそこにいたのか、人が倒れていた。

知らない人だと思う。判断はできない。何故なら、その人の頭は、木《こ》っ端《ぱ》微《み》塵《じん》に粉砕されていたのだから。

胃の内容物が逆流し、僕は堪《たま》らずその場で嘔吐《おうと》した。

しばらくの間はそこに座り込んでいたと思う。ここにいてはいけないと、脳が警笛を鳴らしている。逃げろ。本能がそう叫んでいた。

僕は痺れる口元を拭い、ゆっくりと立ち上がり、周りを見渡して……。

再び絶望に陥《おとし》いれられた。僕の周りには、いつの間にか沢山の死体が転がっていたのだ。

臓物を引きずり出された死体。

何か獣にでも食い散らかされたかのような死体。

四肢《しし》がない死体。

そして……。

それらが霞《かす》むくらい、おぞましいものがそこにあった。

目を背《そむ》けたくなるような死体に混じって、ちょうど成人した人間サイズの繭《まゆ》らしきものが転がっている。

だが、普通の繭とは違う点がある。その繭は図鑑の写真や、お土産売り場で見られる蚕《かいこ》の繭のように純白ではなく、ところどころ赤黒い染みのようなものが滲んでいた。

僕の口から渇いた笑いが漏れた。わかってしまった。それが何なのか。

それは、蜘蛛の糸でぐるぐる巻きにされた、人間の……それも、〝僕の死体〟だった。

その時、妙な気配を背中に感じて、僕は身体を凍りつかせる。

僕の背後に、アイツが立っているのだ。

気がついた時は全てが遅かった。静かに、音もなく僕の首や腕、脚と口、そして目に……何かが巻きついてくる。

乱暴に扱われる操り人形のように、僕の身体が後方に引き寄せられ、ふわりと甘ったるい香りと共に、僕は誰かに抱き締められるのを感じた。

「………逃がさないから」

そんな呟きが、僕の耳元で響く。

透明感がある、囁くような綺麗な声。それは確かに――。

※

「うわぁあああああ⁉」

悲鳴と共に、僕が目を開くと、その視界は再びオンボロな天井に覆い尽くされた。

弾かれるように上体を起こし、僕は辺りを見回す。痛みの目立つ壁、僕の真後ろには、月明かりが射すベランダへと続く大窓、右隣には簡易式のベッドがあり、往復する純也の大イビキが聞こえてくる。左側には押し入れがあり、僕と純也のお酒やつまみを載せていたちゃぶ台は、今は僕用の布団を敷くスペースの為にその襖《ふすま》に立て掛けられている。

見間違えようがない。つい先程まで寛いでいた、純也の部屋だった。

無言のまま自分の頬をつねる。痛い。

続けて、純也のベッドの下を確認。アイツの姿がないことに、僕はひとまず安堵する。もしいたらどうするつもりだったんだ？　とは聞かないで欲しい。いたとしても、僕はきっと混乱して、どうすればいいかわからなくなることだろう。

今アイツはここにいない。それでいいじゃないか。

僕はそっとベッドで眠る純也の方を窺う。

デカイいびきだ。しかも少しオヤジ臭い。僕は思わず苦笑いを浮かべながら、携帯電話のディスプレイを見る。

猟奇殺人事件の最新情報、有名歌舞伎役者の逝去《せいきょ》、とある食品会社の不祥事などの報道が画面下のテロップで流れていた。時刻を確認すると午前三時。ふと、窓から外を見れば、まだ空は暗く……。

——そこで、僕の思考回路は完全停止した。

「…………」

声は出ない。ただひたすらの沈黙。そのまま、僕の視線は備えつけカメラのようにベランダに通じる窓の方に固定された。

僕の目が夜の闇に順応すると共に、月明かりに照らされ、そのシルエットが明らかになっていく。

腰ほどまでのロングストレートヘアが、夜風に怪しく靡《なび》いている。

黒いセーラー服に身を包んだその立ち姿は、闇夜の中だというのに、異様な存在感を醸し出し、只でさえ白いその肌は、月下で淡い輝きを発しているかのようだ。

僕は背中を冷たい汗が伝っていくのを感じながらも、それから目を離すことができなかった。

姿を消して僕の傍にずっといたのか？　それとも、姿を消したと思わせてアイツはどこかにずっと隠れていて、深夜、人通りが少なくなってから僕を探しにきたのか？

真実はわからない。だが、なぜこのタイミングで出てきたのか。それだけはわかる。

今、この場で起きているのは僕一人。連れ戻すには絶好の機会ではないか。

熟睡する純也のいびきが、とても大きく聞こえた。窓の外にいるソイツは、とても嬉しそうに、そして幸せそうに微笑んでいる。

僕を抱き締め、血を啜り、情熱的なキスを交わす時に見せる表情だった。

「や、止めてくれ。今は、それだけは……た、頼む……！」

その瞬間、僕の必死な懇願を嘲笑《あざわら》うかのように、電撃のような感覚が、僕に襲い掛かり……僕はまた、幻覚を視た。

蜘蛛が……大きくなっていた。

ちょっと前までは、大型犬サイズだったはずのそいつは、今や牛か馬程にまで肥大して。比例するように伸びた八脚を蠢かせた。

鋏《はさみ》のような口がカシャリ。カシャリと軋みをあげる。同時に、八つある真っ赤な目が。まるで獲物を見つけた時のように、不気味に爛々《らんらん》と輝いた。

怒っている？　いや……。僕と再会して、高揚してる？

考えを巡らせるのはそこまでだった。

白昼夢から引き戻された僕は、瞬く間に少女の奴隷に成り下がった。身体がゆっくりと、己の意思とは無関係に動き始める。

今度こそ夢じゃない、現実の出来事だった。

※

操られた僕の身体が、ぎこちなく動き始めた。布団から抜け出し、ゆっくりとベランダへと歩いていく。

身体が熱いのは、夏だからだけではない。腹立たしいことに、怪物との再会で消沈している僕の心とは裏腹に、身体の方は歓喜に打ち震えているようだった。

内心で無駄だとわかっていても、止めろ！　と叫んでみる。が、当然どうにかなるものではなく、僕の指は窓の鍵に引っ掛けられた。蝶番《ちょうつがい》の外れる音がバカに甲高く聞こえる。僕と怪物の間にあった唯一の障壁《しょうへき》は、他ならぬ僕自身の手で取り払われた。

夜風が部屋に入り込む中、僕の身体は怪物のもとへ一直線に進んでいく。

そこで時間切れが来て、僕の身体は自由になるが、全てがもう遅かった。僕を捕まえた怪物は、どこか嬉しそうに頬擦りしてくる。かと思えば、そのまま僕の首筋に顔を埋めて……。直後、内部に籠もるような鈍い音が身体を貫いた。吸血に伴う快楽の渦に僕は放り込まれていく。お酒のせいだろうか？　今夜の行為は、いつも以上に意識を不安定にさせるようで……何よりも生々しい。

体液が吸い上げられる、ゾッとするような冷感も。何かが流し込まれることでコイツと一体となっているかのようなおぞましさも。僕の肉体に深く浸透し、果ては精神すら犯していくようだった。

終わらない責め苦は今までになく長かった。やがて、ようやく響いた解放の音と同時に、僕は耐えきれず、ゆっくり膝から崩れ落ちた。そんな僕を怪物は優しく支え、そのまま静かに腰を落としていく。

「……何故こうなる」

僕の悪態もどこ吹く風。怪物は僕の頭を座り込んだ自分の太股に乗せて、優しく僕の頬を撫で始める。俗に言う膝枕というやつだった。

動きたいが、今になってお酒の酔いが回って来たのか、はたまた怪物に血を吸われたからなのか、身体が異様に重い。しかも……問題はそれだけではなかった。

「う……うん？　レイ？」

僕が怪物のなんとも言えぬ柔らかな太股の感触に戸惑っていると、窓から入り込む風で目が覚めたのだろう。純也が眠そうな声を出しながら、身動《みじろ》ぎを始めたのである。いけない……！　僕がそう思った瞬間、怪物はそっと僕の頭を下ろすと、音もなく、僕の視界から消失した。

「おいおい、酔ってるのか？　なんでベランダで寝てんだよ」

呆れたような声と共に、純也がゆっくりベッドから起き上がる気配がした。

怪物の姿は、どうやら見られていないようだった。だが、それに安堵したのもつかの間、再び僕を甘い痺れが包み込む。「支配の力」だった。

現実を塗り潰して現れたのは、あの巨大蜘蛛。僕はそいつに背後から捕らえられ、そのまま放り投げられる。行き着いたのは巨大な蜘蛛の巣だ。それに身体が搦《から》め捕られたところで、幻覚が消失する。現実に戻ったが、身体の自由は既にない。傀儡《くぐつ》と化した僕は弾かれたようにその場から立ち上がり、いきなり右斜め下を向かされた。ベランダから見下ろせるのは、街灯一つない、マンションの裏側の小さな空き地だ。その裏側の小さな空き地に、微かに人影が見て取れる。

怪物だ。まさかこの数秒で、あそこまで移動したというのだろうか。

震え、視界が定まらない僕とは裏腹に怪物はぼんやりとこちらを見上げ、真っ直ぐ僕を見つめている。その姿は、どこか淋しげで、それでいて何か底知れぬものを覗き込んでいるかのような……。不気味な印象を僕にもたらした。

「何だ？　何かいるのか？」

訝しげな表情でベランダに出てこようとした純也を、操られたままの僕の手が部屋へ押し戻し、そのままグイグイ押していく。純也も突然の僕の行動に驚いたのだろう。普段は僕などに押し負けるはずのない、生粋のスポーツマンである彼は、「うぉ、おい、なんだよ？　どうした？」と、目を白黒させる。そのまま純也は無抵抗のまま僕に押され、最後はベッドに座ってしまう。

叶うのならば謝罪をしたいのだが、生憎、この状態の僕は謝罪どころか言葉を発することと自体が不可能だ。

すると、無言で立ち続ける僕を流石に不審に思ったのか、純也の顔が怪訝なものになっていく。いつもなら声を出すこともできるのに、今日に限って言葉を発するのも禁じられている。友人の変化に僕の焦りは加速し、早く、早く切れろ……！　と、一切動かせない身体をもどかしく思いながら僕はひたすら念じていた。

その時だ。

「はふ……ありまぃ……なかあらはなやまかありならまがにぎゅきよやまゃぁ……」

「…………………は？」

僕は意志とは関係なく、意味不明な言語を口にし始めたのである。

いや、もはや言語とはいえまい。それは単なる奇声だった。

聞いていた純也がポカンとした顔で固まるのも、無理ない程の。

「ひぎゅい！　あうぉいるに……ふぬほみゃ、ほくは……ち……ぬ……ゲホッ！」

やがて、僕の脳髄でブレーカーが弾けるような音が鳴ったと同時に、意味を成さない声は終わりを告げ、僕はむせるように咳を漏らした。

口元を涎《よだれ》が滴り落ちる。だがそんなことは些細《ささい》な問題だ。それ以上に純也の疑惑に満ちた視線が僕にとっては何倍も厄介だった。

「おい……レイ、大丈夫……か？」

誤解を解きたい。できるなら早急に。だが、そんな僕の気持ちを嘲笑うかの如く、痺れが押し寄せ、またしても白昼夢に囚われる。

幻覚の中の蜘蛛は……。何故か新聞を前脚でワシャワシャと弄くり回していた。そこで再三、僕の身体は支配される。

「けみ……は、とこかろきとんだ……きみは……なむものなんだ？」

僕の口が、再び支離滅裂な言葉を発し始める。純也は相変わらず唖然とした顔だった。が、不意に真面目な顔になり、台所へと走り出す。

「しゃべらる？　こばわかる？」

徐々に言葉がただの音の羅列から、人間の言葉に近づいていく。その瞬間、僕に強制している不可解な行動の意味が何となく予想できてきた。

アイツは……今、練習しているのだ。

僕は軽い寒気と共に結論を下す。

怪物が行使する「支配の力」において、できなかったことが二つある。一つは僕の思考など、精神面を操ること。もう一つは、言語を使用することだ。

だが、その前提の一つは脆《もろ》くも崩された。

学習と進化。恐るべき二つの単語が脳裏を過る。

あり得なくはないだろう。人前では僕を支配できない。この仮説も、あっさり覆《くつがえ》されてしまった。そして今は……。恐らく、言葉を理解しようとしている。

「ぼくは……にげもかくれもしない。あげないよ？　おなかすいてるなら、いえにかえりなよ……」

思考を続ける僕と、意志とは関係なく言葉を話す僕。なんとも言えない気持ち悪さを感じていると、純也が台所からコップを持って戻ってきた。

「ほら、水だ。飲めるか？」

よほど悪酔いしたと思ったのか、純也はコップの水を僕の口元に近づける。

だが、僕の手はそれを振り払い、脈絡もない言葉を発しながらゆっくりと玄関へと歩を進めていく。酔いと吸血によってフラフラだったはずの身体は、びっくりする程スムーズに歩みを進めていた。

「お、おい！　レイ！　どこ行くんだよ！」

慌てて追いかけてきて僕の肩を掴む純也。その時既に身体は自由になっていたのだが、僕はもう、ここに長居するつもりはなかった。

「ちょっと、急用ができて……もう、戻らなきゃ……」

「き、急用⁉」

純也のその瞳には心配、困惑、そして、少しの恐怖の感情が宿っていた。申し訳ないと思うと共に、無理もないと僕は思った。目の前で友人があんな行動をとったら、僕だって心配もするが、少し怖いと思ってしまうかもしれない。内心で自嘲するように笑いながら、僕は純也の方へ向き直る。

「ごめん、酔いは醒めてるんだ。実はここ数日いろいろあって……」

それなのにここに来たのは、純也に久しぶりに会えて嬉しかったから。怪物という存在に捕らわれながらも、唯一の友人と話す機会を逃したくなかったのだ。

でもその結果がこの様だ。人といれば大丈夫だと、タカを括っていた僕の元に怪物は再び現れ、僕の推論の幾つかを叩き壊していった。

「でもどうしても君と話がしたかったんだ。許して」

隠さぬ本音だけを伝え、制止しようとする純也を振り切り、僕は友人のもとを後にする。

今この瞬間に僕を操らなかったことだけはアイツに感謝しよう。

それでもこれ以上は純也の近くにいることは避けた方がいい。次に操られた時、何をするかわからないのだ。

夜の帷《とばり》に出た僕は、ゆっくりとマンション裏の空き地に歩を進める。ぼんやりと周りを照らす月明かりの下に怪物の姿は……。

「……また消えた？」

どこにもいなかった。人を操って危機感だけ煽《あお》って帰るとはやってくれるな。

僕は眉をひくつかせながら空き地を出ると、自分の部屋への帰路につく。

僕がもう戻ってくると踏んで先に帰っているのだろうか？　いや、恐らく違う。多分この近くを人が通ったのだ。こんな夜更けに人が通るなんて珍しいが、今はその人に感謝するべきだろうか？　僕は黙って歩き続ける。

何とかする必要がある。それも早急にだ。アイツから逃げることだけ考えているのでは甘い。僕から興味を失わせるなり、何らかの撃退手段も念頭に入れて考えていった方がいいかもしれない。

最終的にどうにもならなかったら……その時は……。

僕が震えながらそんなことを考えていると、ふと大きめな公園の近くを通りかかった。

　木が周りをぐるりと取り囲み、内部を覆い隠すような閉鎖的な印象を与えている。ここからでは公園内の様子はよく見えないが、僕は思わず立ち止まっていた。

「今……何か……」

　動いていた。携帯電話で時刻を確認すると、時刻は午前二時半少しすぎ。あまり一般人が歩き回る時間ではない。

　僕は少し迷った後に、ゆっくりと公園の中に入っていく。僕しか知り得ないことだが、今は怪物が彷徨《さまよ》っているのだ。近所の高校生や早起きのお爺さんなどだったら、家に帰れくらいの警告はした方がいいかもしれない。僕はそう思いながら公園の奥へ奥へと足早に進む。

　想像以上に大きい公園だった。夜の静寂に包まれたそこは、昼間は子どもたちの遊び場として活気に満ち溢れているのだろうが、今はそんな気配は欠片もない。周りをバリケードのように囲む木は、公園の端に置かれた少し錆《さ》びついたブランコと一緒に夜風で妖しく揺れ、不気味な音を奏でている。滑り台やシーソーはまるで廃墟の中の建造物のように、ただそこにあるだけで不安感を煽っていた。

　夜の公園とはこんなにも気味の悪い雰囲気を醸し出せるのかと思ってしまうほど、その光景はどこか非現実的だった。

僕は溢れる不安感を抑え、ぐるりと辺りを見回す。ブランコ、滑り台、シーソー、砂場……人影は見当たらない。

木馬に鉄棒、登り棒……やはり僕の気のせいだったのだろうか？

大きめのアスレチックに、一本橋、ジャングルジム……そこで、最後の遊具に目を留めた時、僕の身体は硬直した。

「なんで……どうして？」

気がつけばそんな声が出ていた。ジャングルジムには、見覚えのある顔の人物がいた。

……人物がいたという言い方はおかしいかもしれない。何故ならば、その人は既に、〝生きている人間ではなかった〟のだから。

まるでイエス・キリストのように、その人はジャングルジムに全裸のまま磔《はりつけ》にされていた。

恐怖に叫び声をあげているかのような表情で固まったまま、ダラリと力なく首を傾けていた。その人物の右腹部は切り開かれ、内臓が剥き出しになっている。月明かりでぼんやりと照らされた地面に赤黒い水溜まりができていた。

この世のものとは思えない光景が、目の前に広がっていた。

その中心には、いつかの星空の下で音楽を奏でていた男が、無惨な姿を晒している。

見間違えようがない。純也のマンションの隣人さんだった。

「う……ぶっ……」

それを認識した瞬間が、もう限界だった。後ろから僕を呼ぶ純也の声が聞こえる中、僕の喉を酸っぱい唾液が満たしていく。胃の内容物が込み上げる感覚が身体を舐め回したその直後、僕はその場に膝をつき、激しく嘔吐した。

第五章

猟奇殺人

芳醇《ほうじゅん》な香りと共に、温かな湯気が僕の目の前で立ち上っている。高級な牛肉を筆頭に、椎茸《しいたけ》、青菜、玉ねぎ、白滝、人参、豆腐等の具材が大きな土鍋でグツグツと煮える様子はまさに圧巻。少なくとも一人暮らしである僕にはなかなかお目にかかることがない贅沢な光景が、部屋のテーブルの上で展開されていた。

だが、残念ながら現在の僕はそんな豪華な晩餐《ばんさん》を前にしても、まったく気分が乗らなかった。むしろ食材と、わざわざ土鍋やカセットコンロまで持参して部屋を訪ねてきた人物に僕は呆れたような視線を向けていた。

「……なんで鍋？」

頬をひくつかせながら言う僕に、目の前の男はあっはっはと笑いながら僕に受け皿を渡す。

「いや、久しぶりに会ったら痩せてたからな。まぁ、しがない公務員の安月給で買った肉と野菜たちだが、遠慮することはねぇ。食え」

「……叔父さん、本音は？」

「いや、もうさ。マジ猟奇殺人犯、捕まらねーんだわこれが。捕まるのはいっつも仏さんとは無関係の第一発見者。上にはどやされるし、現場ではコキ使われるし、鑑識の古い知り合いは失踪《しっそう》するし……。もう豪華な肉でパァーッとやらなきゃやってらんねぇんだよ」

「猟奇殺人を追ってるのに肉を食える辺り剛《ごう》の者だよね。大輔叔父さんは」

僕がバカにしたように笑うと、その男、小野大輔……通称大輔叔父さんは、軽く肩を竦めながら鍋の中の肉を突っついた。

「伊達《だて》に何年も刑事やってないからな。もうこれくらいじゃ何にも影響ないのさ」

疲れたように話す大輔叔父さんを、僕は黙って見つめる。ため息をつきながら語るその姿は、ドラマに出てくる刑事のようで、なんとも哀愁を誘うように思う。……いや、実際に本物の刑事さんであるのだが。

「猟奇殺人事件って……実際犯人とかについて、どれくらいわかってるの？」

「……ん？　何だ？　気になるのか？」

椎茸や人参を口に運びながら、僕は兼ねてからの疑問を聞いてみる。大輔叔父さんが訝しげな表情をするので、「ほら、あんなことがあって事情聴取を受けたから……」と、僕が言うと、大輔叔父さんは納得したように頷いた。

「正直、あそこまで派手な殺し方をしてるのに、なんの証拠も残してないってのが恐ろしいよ。事の発端は、重機による殺人事件と、行方不明になっていた女子高生の変死体なんだがな……」

そこまで言って叔父さんは何故か言葉を切り、僕を見つめる。

「飯中にする話じゃないぞ？」

「実はまだお腹空いてないし……僕は鍋の具をじっくり煮込む派」

僕の返答にああそうかいと、頷いた叔父さんは話を続ける。

「今のところ、この猟奇殺人事件の被害者と思われているのは、お前が見つけた犠牲者を含めて現在六人。だが、この六人のうち、最初の二人。この二人だけ、手口……いや、違うな。他の四件の犠牲者との共通点がないんだ」

あっ、共通点てのは接点とかじゃなくて、殺害方法のことな。と、叔父さんはつけ加えてから、懐《ふところ》から煙草を六本取り出してテーブルの上に広げると、そのうち二本を摘まみ上げる。

「一人目の被害者は、岡田《おかだ》信吾《しんご》三十七歳。建設会社の作業員として勤務していたんだが、その会社が受け持つ作業現場で発見された。死因は重機による轢死《れきし》。第一発見者は、工事現場に忍び込んで遊んでいた小学生だったんだが……死体は見るも無惨なほどペシャンコでな。あんまり教育上宜《よろ》しくない光景だった」

小さな音を立てて叔父さんの手の中の一本の煙草が握り潰され、テーブルに落ちる。

「で、二人目の被害者は、米原侑子《まいばらゆうこ》十七歳。都内の女子高に通う学生だったんだが、死体で発見される数日前から塾に行ったっきり行方不明。捜索願いが出されていたんだが……」

叔父さんはそこで沈黙し、苦々しげな表情を見せる。

「発見したのはとある居酒屋の店主でな。現場は酷い有り様だった。ニュースじゃ内臓全部が持ち去られたなんて報道されてたんだが……。ありゃ、大分ソフトな言い回しだったよ。あの死体は何らかの生物に捕食されたかのような惨状だった」

「捕食って……全部食べられちゃってたってこと？」

「ああ、現場を見た誰もがそう思った。だが、冷静に考えれば、ライオンのような猛獣でも連れて来ない限り、人間の内臓を全て喰い尽くすなんて不可能だ。仮に連れてきたとしても、何らかの痕跡を残してしまうのは避けられない。だというのに、現場からは不気味なほどに何も出てこなかった。現状、獣に食われたように見せかけて殺したというのが、一番現実的なんだが……」

もう一本の煙草を爪でガリガリ傷つけながら叔父さんはぼやく。

「路地裏でそんな手間のかかる殺し方して、更に脳を含めた内臓を全部持っていくなんざ、複数犯かつ周到な計画性がなきゃ無理だ。他の五つの殺人全てが残虐だったが、その中でも、この女子高生の事件は特に群を抜いている上、妙に異質さを感じるんだよ。余りにも不可解というか、不気味だから、鑑識の知り合いは幽霊か怪物にでも襲われたんじゃないか？　なんて言い出す始末だ」

「へ、へぇ……怪物、ね……」

参るぜ、と頭を掻く叔父さん。それを見る僕は傍《はた》から見ればきっと微妙な表情をしていることだろう。

目の前で鍋が泡立つような音を立てながら沸騰している。叔父さんに促されるまま、僕は鍋から白滝を掬《すく》い出し、ゆっくりと咀嚼した。

「他の死体も酷いもんだった。四肢が切断され、達磨《だるま》でも飾るみたいにとある大学の中庭に安置されていた、三人目の犠牲者。四肢が周りに置かれて……魔法陣か何かのつもりだったのかね？　自分の首を抱えた状態のまま、河原のど真《ま》ん中で見つかった四人目の犠牲者。身体中のパーツを細かく分解され、路上にぶち撒かれていた五人目の犠牲者。そして……」

「六人目。全裸で右側の腹部をごっそり削ぎとられた上で、ジャングルジムにまるで磔にされたかのようにして死んでいた、純也の部屋の隣人さん。……僕が、見つけた」

自然と顔が強張る。あの衝撃的な光景は、何度も夢に出てくる程だった。できることなら忘れてしまいたいが、そうそう簡単に頭の中から消し去るのは難しそうだ。

「でも、これ、同じ人の犯行なの？　何かこんな言い方は変だけど、一貫性がないというか……」

僕がふと思ったことを述べると、叔父さんは折られたり、潰されたり、捻《ひね》られたりした煙草をいそいそと片づけながら、ああ……と、意味ありげに頷いた。

同じように折れた煙草がある辺り、煙草六本を被害者たちに準《なぞら》えて説明するのは途中で挫折したらしい。今はどうでもいいことだが。

「一貫性がないように感じるかもしれんが、実はそうでもない。被害者はまったく接点がなく、目撃者も同様。これだけ見たら少し狂った殺人者が大量に出た……ようにも見えるだろうな。だが、最初も少し匂わせたが、二人目以降の犠牲者の殺し方には、ある共通点があるんだよ」

「共通点？」

僕が首を傾げると、叔父さんはそっと煙草に火を点け、紫煙《しえん》を燻らせる。

「ああ、米原侑子と同様、全ての犠牲者が、恐らく犯人と思われる何者かに、内臓を持ち去られている。もっとも、米原侑子のように脳も含めてごっそり全部持っていかれたのではなく、一人最低一つか二つだがな」

「……同じとこ？」

「いんや、三人目は胃、四人目は肝臓。五人目は肺と腎臓《じんぞう》……といった具合に毎度別のパーツを持ってくのさ。まだ続くなら、残るは腸やら膵臓《すいぞう》……心臓辺りかねぇ」

叔父さんはうんざりしたような口調でそう言いながら、再び煙草に口をつける。

「動機も何も見えてこない。犠牲者たちの年齢や所属のばらつき具合から怨恨《えんこん》や単純なトラブルの線も薄く、目撃者や証拠らしい証拠も皆無。難航するわけだよ。今のところスポーツみたいに人を殺すサイコ野郎か、内臓好きの変態って俺は読んでるんだが……頼むから幽霊や怪物の仕業にして迷宮入りってのは勘弁してもらいたいね」

苦々しげに呟く叔父を僕は内心で葛藤《かっとう》しながらも黙って見つめる。

鍋に入れられた具材たちは、煮込まれすぎてフニャフニャになってしまっていた。

食うか。と叔父さんが苦笑いしながら合図する。しかし、料理に箸《はし》をつけようとした時、唐突に叔父さんの携帯電話が鳴り響いた。

「もしもし。ああ、どうも。どうしましたか？　……え？」

叔父さんの目が見開かれ、表情が険しくなる。携帯電話の向こう側の、叔父さんの上司と思われる人物の切迫したような声が、鍋の置かれたテーブルを挟んで僕の方まで聞こえてきた。断片的で今一理解はできなかったが、僕はざわめくような胸騒ぎを感じていた。

今、叔父さんが僕の部屋に来たことによって、アイツ——怪物は姿を消しており、どこにいるかは僕にもわからない。そんな状況で、刑事である叔父さんの上司から電話……。関係ないとは、思えない偶然である。

静かに電話を切った叔父さんは、小さくため息をつき、簡潔に告げた。

七人目が出た。と。

※

三十秒もたたぬうちに身支度を済ませた叔父さんは、「顔色は悪いが、しっかりやっているようでよかった。事件が解決したらまた何か奢《おご》るよ」とだけ僕に言い残すと、解き放たれた猟犬のように、勢いよく部屋を飛び出していった。

その後ろ姿を見送った後、僕は無言でドアに鍵を掛け、ノロノロとリビングに戻る。事情聴取を受けた僕を心配して来てくれたのであろう大輔叔父さんは、ある事情で家族に疎《うと》まれていた僕に、唯一普通に接してくれた人だった。そんな優しい恩人に僕は感謝すると共に、心の中で謝罪する。

(ごめん、大輔叔父さん。事件についてはまったく心当たりはないけど、関係ありそうな奴だったら知ってる)

そっとリビングへ続くドアを開ける。予想通り、部屋に僕一人となった瞬間に怪物は僕の部屋に姿を現した。

何故か鍋蓋をマジマジと見つめ、突っついて遊んでいるのは気にはすまい。こいつは初めて見る物には決まってこんな反応を見せる。

もっとも、それもほんの少しの間だけで、怪物は僕が戻って来たことに気づくと、嬉しそうに駆け寄ってきて、僕に身体をくっつけてきた。

やがて首筋を伝わって訪れる酩酊感に投げ出されながら、僕はゆっくり怪物の美しい黒髪に手を添える。僕が逃げる意思を持っていないのをわかっているのか、怪物は僕の身体を操る様子は見せなかった。

こんなこと言えるわけないし、巻き込むわけにはいかない。僕はそう考えながら、純也、京子、大輔叔父さんと、僕にとって大切な三人の顔を順番に思い浮かべる。

今は確固たる証拠がない。だからコイツをどうするかは保留だ。

だが、ひとたびコイツが僕の大切な人たちに牙を剥こうものなら……。

僕は静かに空いている手を握り締め、クラクラするような浮遊感に耐えながら決意を固める。

そうなったとしたら。たとえ刺し違えることになっても、僕はコイツを……。

新たに芽生えた僕の意思を知ってか知らずか、僕の首筋から唇を離した怪物は、静かに微笑んだ。少女の外見に似合わぬ淫靡《いんび》ささえ匂わせる笑みに、僕は自分の目が奪われていることを自覚し、慌て顔を背けようとして……。例の電流が走った。

幻覚の中で、蜘蛛にのし掛かられる。鋏のような口が、じゃれるように僕の頬を甘噛みし。それだけで僕の背筋が一気に冷え込んだのを感じた。

白昼夢を経た隷属。ゆっくりと僕と怪物の唇が重なり、互いの舌が音を立てて絡み合う。

こんな奴に……。と、僕は内心で唇を噛み締める。

花を思わせる香りと、モチモチした肌。じわりと広がる、慣れた体温。

京子と交わした口づけや、彼女を抱き締めた感触が、遠い昔のものみたいに押し出されていくことを、僕は嘆かずにいられなかった。

本棚を背にして、僕がフローリングに腰掛ければ、怪物は唇を離さぬまま、すかさず僕に跨がってきた。

腕が勝手に動く。片方は彼女の腰を支え、もう片方の手は少女の身体中を愛撫していく。そうすれば怪物の身体が電撃を受けたかのように跳ね上がった。

時折、無意識にだろうか。怪物の腰が艶めかしく蠢いて、僕に求愛するかのようにますます身を擦り寄せてくる。

その情景をせめて視界に入れぬように、僕はせめてもの抵抗に目を閉じた。

……いつからだろう。怪物に寄り添う時、心とは裏腹に、この身体が歓喜に震えるようになったのは。それはまるで恋人同士が愛しい時間を過ごしているかのような幸福感に溢れていて、そんな中で目に入る怪物の仕草一つ一つに身体が否応なしに反応してしまう。

もう、目は背けられない。だから、早く……早くコイツをどうにかしないと……。

首輪をつけるかのように、怪物が再び僕の首へ噛みついた。

脳髄ごと蕩けさせるような快楽が、僕を犯していく。本当に、ダメになってしまいそうだった。

※

『鷹野《たかの》大学美術棟・創作室』

阿久津純也がその部屋に入ると、約束していた女は既に到着していた。

「よう、来たぜ」

純也が声を掛けると、その女性、山城京子は作業していた手を止め、こちらに向き直る。

「いらっしゃい純也君。ごめんね！　散らかってる上に作業しながら話すことになっちゃうけど……」

「いや、急に話があるって押し掛けたのは俺だからな。寧ろ忙しい中サンキューな」

純也がそう言うと、京子は少し申し訳なさそうに作業に戻る。芸術に疎い純也には、それが油絵なのか水彩画というやつなのか区別がつかない。しかし、そんな素人の純也から見ても、京子が描くそれは、未完成ながら既に見事な作品としての風格を匂わせていた。

「それで、話ってなぁに？」

流れるように絵筆を振るいながら京子が尋ねてくる。純也は適当に椅子を見つけて腰かけると、話したいことの内容を簡単に説明する。

友人であるレイが大学に来なくなって、もう三週間になろうとしていること。

そのレイと数日前に偶然再会し、自分の部屋で馬鹿話をしながら飲んだこと。

深夜、そのレイが何やらおかしな言葉を口走ったかと思うと、「最近いろいろあって」と、言い残して部屋を出ていってしまったこと。

そして、やはり心配でレイを追いかけたら、公園で嘔吐するレイと、ジャングルジムに磔にされた不気味な死体を目撃したこと……。

「し、死体？　それに公園って……ニュースでやってた連続猟奇殺人事件に遭遇したってこと？」

驚いたように目を見開く京子に、純也はゆっくり頷く。どうやらレイからその話を聞いてはいなかったらしく、京子は目に見えて動揺している。

「ああ、でも、その事件自体はもう大丈夫だ。第一発見者として事情聴取を少し受けたくらいさ」

警察曰く、死亡推定時刻から見ても、純也やレイには犯行は不可能とのことらしい。

「それよりも気になるのはさ。この間思ったんだが、レイの様子が何というか……少しおかしいように感じたんだ。大学もまだ来てないみたいだし、何か心当たりとかないか？」

京子はレイの恋人だ。もしかしたら、自分と同じような違和感を感じているかもしれない。そう思って純也は彼女に相談を持ちかけたのだ。

「……やっぱり、純也君もそう感じたの？」

案の定だった。京子は完全に作業を止め、神妙な表情でこちらを見る。

「あたしが心配で部屋に行った時は、その、支離滅裂な？　言動はなかったけど……何かそわそわしているような……落ち着かない感じだったの。大学に来ない理由は体調不良って言ってたけど……」

「確かに顔色悪かったし、痩せてたが、体調ヤバイなら酒は飲まないよな？」

「うん……そう、だよね？」

あの日のレイは、どこか枷《かせ》が外れたかのような、そんな解放感に満ち溢れていたように見えた。

「ソワソワしてたのは俺も感じた。なんだろうな……まるで何かに怯えるみたいな……」

「あっ、わかる！　あたしが迫った時も……あ」

「……ん？」

純也がポカンとした顔で京子を見ると、京子の顔がみるみる赤く染まっていく。

「えと……とにかく！　何か変だったの！　デートしている時みたいな緊張して上擦《うわず》った声じゃないっていうか……心身共に張りつめているっていうか……」

あたふたと慌てたように話題を変える京子。

これは深くは追及しない方がいいだろう。と、純也は自分の中で納得する。本人にとっても黒歴史のようだし。ともかく、あの夜に覚えた違和感は気のせいなどではなかったらしい。確かな収穫の手ごたえに、純也は満足げに頷いた。

そう。あの時のレイは、酒に酔っていただけとは思えなかった。自分や京子の知り得ない〝何か〟が、今のレイを作っているように思えてならない。……考えすぎだろうか？

「あのね。そろそろ……その、ほとぼりも冷めただろうし。あたし、この絵の目処《めど》がついたらレイ君の部屋にまた行ってみようと思うの」

「ああ、そりゃいい。何だか今のアイツ、こっちが定期的に様子見に行かないとフッと消えちまいそうだ」

「……うん。本当にそうなりそうで笑えないよ」

京子と揃ってため息をつく。ともかく友人が元に戻れるよう、互いにできることをやろう。そんな形で話は纏まった。


後には京子が絵筆を動かす静かな音だけが響く。

実は純也自身、この後の予定がまったくない。この中途半端に空いた時間をどうするべきか……。

いっそレイの部屋に突撃でもかけようか？

そんなことを思いながら、純也はふと何の気なしに作業を再開した京子の絵を見つめる。

森の中で少女が両腕を広げて立っている絵で、少女の周りには様々な色が使われていた。グラデーションというやつだろうか？　生憎、純也にはよくわからない。

「森林浴……にしちゃあ、色合いが暗くないか？」

「フフ……これは森林浴じゃなくてね、空気を表現しているの」

純也の率直な感想に京子は悪戯っぽく笑いながら答える。

「空気に限らず、モノにはそれを構成する様々な要素があるでしょう？　あたしはそういったものを余すことなく、絵や色とかで表現するのが好きなの。これのテーマは空気だから、灰色の部分は窒素、青は酸素、黄色は二酸化炭素……他にもいろいろ、空気中のチリ一つまで細かく描くつもりよ」

得意気に笑いながら京子は少しずつ絵に彩りを与えていく。

「……空気の一つ一つの要素なんて考えたことねぇよ。流石は美術専修だな。見えてる世界が違うぜ」

「違う世界を見ているかどうかはわからないけど、そんな中でも上手く表現できなくて苦悩する時もいっぱいあるんだよ。表現者のカルマってやつ？」

「いや、そんなのがある時点で俺じゃ至れない世界だよ」

肩を竦めながら純也は立ち上がる。絵、頑張れよ。とだけ告げて教室から立ち去ろうとし……。

「……ん？」

純也は壁の一点を見つめて立ち止まった。

絵や彫刻などが展示されている一角。その中の一部が彼の目を不思議と引き寄せた。

「ああ、それ？　美術専修のみんなの作品群だよ。完成した作品はここととか、他の教室にも展示してるの。ちなみにあたしのはそこの『水』と『刻』と『王者』！　どう？　どう？　個人的に『刻』が自信作よ」

楽しげに語る京子。確かに京子の絵も凄い。

だが、純也の個人的な善し悪しの感想とは別に、ある作品群が彼の目を惹きつけていた。

「おい、この絵……」

純也が指差す作品群を見て、京子はムッと、顔をしかめる。

「ああ、藤堂《とうどう》君の作品？　うん、彼は入学した時からそんな感じの作品を描いてるの。死や破壊は生と創造の象徴。だからこそ、強烈な死と破壊の作品により、生き生きとした生と創造をボクは表現しているんだ……ってのが彼の主張だったかな。あたしには理解しかねるけど」

気味の悪いものを見るような顔で、京子が言う。

その絵たちはまさに惨劇の一場面を描いていた。

ブルドーザーに轢かれたような死体の絵。

四肢が切り落とされ、達磨のようになった死体。

腕や脚がツギハギに縫いつけられたかのような死体。

花畑の中に埋められた死体。

自分の頭を抱えた死体。

死体、死体、死体……。

その藤堂という男は、尽《ことごと》く死を、破壊的で残虐なワンシーンを描いていた。

確かにこの作品たちは、京子のような女子には不評だろう。

純也だってこういった作品は直視したくはない。だが、その中の一つが目を逸らすことを許してくれなかった。

右側腹部が削ぎ落とされた全裸の男が、十字架で磔にされている絵。奇しくもあの夜の惨劇と似たような構図は、純也の目を釘づけにした。

勿論、それだけなら、気味が悪いと思うにしろそこまで目が惹かれるものではない。

だが、その絵に描かれた男の顔は、まぎれもなく自分が住むマンションの隣人だったのだ。

「京子！　これ、この絵いつのだ⁉」

「へ？　う〜ん……わかんない。そういえばあたし、この絵は今日初めて見たな……。うん、なら結構最近描かれた作品だと思う。藤堂君、作品仕上げるスピードはあたしたちの中で一番だし」

慌ててまくし立てるように問いかける純也に、若干面食らいながらも、磔の絵を見て首を傾げながら京子は答える。

「確かか？」

「うん。これでも絵の先生志望だよ？　皆の新作はチェックしてるもん」

薄い胸を張る京子をよそに、純也は再び磔の絵に視線を向ける。

その時、純也の瞳はギラギラと輝いていた。疑惑と好奇心、そしてわずかな興奮で。

「……京子。その藤堂って奴の連絡先とか、知らないか？」

好奇心は猫を殺すという言葉も忘れ、気がつけば純也は、その質問を口にしていた。

※

「レイ〜。早く来な」

落ち着いた。優しい声がした。

目を向けると、眩しい太陽の下、麦わら帽子を被り。バケツを片手に持った小さな男の子が、雑木林を走っていくのが見えた。

その先には、クーラーボックスを手に、立派な釣竿を肩に掛けた高校生くらいの少年が、爽やかに笑っていて……。

「兄さん？」

直後。のどかだった世界が、夕闇に包まれる。戸惑うように男の子が周囲を見回しながら、さっきまでいた少年を呼ぶ。だが、返事はなく。その場には無造作に転がされた釣竿と、中身のぶちまけられたクーラーボックスだけが残されていた。

地面には、濁《にご》った瞳で虚空を見る川魚たちが投げ出されている。

男の子が兄と共に渓流《けいりゅう》で獲た戦利品。これを家に持ち帰り、両親に今日の武勇伝を聞かせるはずだったのに。

「兄さん？　兄さん？」

迷子になったかのように、男の子は歩き回る。

そう、僕は知っているのだ。

男の子が、川釣りに出かけることはもう二度とないことを。

両親とまともに会話ができなくなる。そんな未来がやってくるのを。

そして何より……。

いつの間にか、男の子の背後に誰かが立っていた。ボロボロの身なりに、乱れた髪を風に靡かせながら、それはニタリと、狂乱に満ちた表情を浮かべる。

血でぎらつく刃を手にした男の足元には……さっきまで笑っていた少年が倒れていた。

ハンサムだった顔は滅茶苦茶に切り裂かれ。全身を滅多刺しにされた、哀れな姿。

〝僕〟が最後に見た……。兄さんの姿。

「う、あ……！」

恐怖に震えながら、男の子は己の肩を抱き、地面に膝をつく。刃物を持った男は、そっとその傍に跪《ひざまず》くと、愉悦に歪んだ表情で囁いた。

「何で、逃げたんだよぉ……」

違う！　と否定し、首を横に振る男の子。その目の前に〝兄さん〟の死体が掲げられた。

「何デ……オマエダケ……」

血臭と共に絞り出された声で、男の子……。僕はとうとう泣き出してしまう。

違うんだ！

そんなつもりはなかった！

僕だって兄さんに生きていて欲しかった！

あの時は、僕が残るべきだったのだ！

そうしたら……僕なんかじゃなくて。

周りの皆から愛されていた、兄さんが生きていたはずだったのに……！

僕なんかじゃ、なくて……。

※

全身が引きつけを起こしたかのような衝撃で目が覚めた。

ぐっしょりと掻いた寝汗と、早鐘を鳴らす心臓。それを自覚した時、僕は暗い天井を見つめたまま、唇を噛み締めた。

僕にとってはトラウマに等しい、誰にも言ってない昔の出来事。それは、こうしてフラッシュバックのように度々《たびたび》甦り、僕を苦しめ続けていた。

「……っ」

意味のない声を漏らしながら、僕は熱くなっていた目元を拭う。

芽生えるのは、強烈な罪悪感。勿論それは、あの事件についてだけでなく。毎回毎回こんな形の夢を見ることに対してだ。

死んだ兄さんは、間違っても僕にあんなことは言わないはずで……。

そこまで思い起こしたところで、僕はすぐ横からした気配に身体を強張らせた。なんということだろう。完全に、今の僕が置かれた状況を忘れていた。

今、僕の家には、怪物がいるということを。

「う……あ……」

身体が、バカみたいに震えるのがわかる。怪物は、僕のすぐ隣に横になったまま。顔だけはしっかりと僕を凝視していた。

見られた。そんな絶望に近い感情が頭の中で何度も渦巻いて、僕は無意識に拳を握り締めた。

寝言は、大丈夫だったか？　魘《うな》されていたのは間違いない。そう考えると、落ち着きつつあった心臓が、再び忙しく、いつもより速いリズムを刻む。

それは、僕の深淵《しんえん》だった。それが、こんな家に押し掛けてきただけの怪物に目撃されるなんて……。

熱が立ち上っていくのがわかる。理不尽な怒りだというのは自覚していた。それでも。今も僕をじっと観察するその目が、何故か今は癇《かん》に触った。

「……なんだよ」

低い声が漏れる。キッと怪物を睨めば、暗闇の中で少女はキョトンと首を傾げて。そのままゆっくりと、僕の方に白い手を伸ばしてきた。

「――っ！」

止めろ！　と、その手を振り払う。いつもならされるがままだが、どうしてか今は触れられたくなかった。

ペチン。と、間抜けな音が部屋に響いて。それを合図に、怪物は今度は払われた手をじっと見つめてから、僕の方に目を向ける。支配の力を使われるのかと一瞬身構えたが、そうはせずに、ただ「なんで？」というような顔で、僕にまた手を伸ばしてくる。

「やめろって言ってるだろ！」

イライラしながら何回か指をはたき落とす。すると、埒《らち》が明かないと踏んだのか、怪物はズリズリとこちらにすり寄ってきた。

「コイツ……」

逃げるか。そんな目論《もくろ》みが頭に浮かび、上体を起こすが、それはすぐに阻止された。それよりも早く、怪物は猫のように僕の膝に飛び込んで、そのまま頭を乗せてしまったのだ。

流石に膝を立てて振り落とすのは酷に思えた僕は、どうしたものかとその場で項垂《うなだ》れることとなる。

調子狂うなぁ、なんて思いながら膝上に陣取った怪物を見る。ぼんやりとした月明かりの下で、黒絹のような髪が僕の足元とベッドに広がっていた。

それを何の気なしに眺めていると、不意にまた、白い少女の指が僕の顔に当てられたのを感じる。

眉間《みけん》を優しくなぞり、目元を拭うような仕草。

思わずそれにハッとして相手を見れば、怪物は柔らかく微笑んで、今度は両手で僕の頬を弄くり回す。

捏《こ》ねて、つついて。最後は口角を上げるようにされた時。僕は少しだけ、変な妄想に囚われた。

怪物が、僕を気遣っている？　いいや。まさか。

流石に偶然だと結論づけ、僕はため息混じりにその手を再び払わんとして……、今度は手首を掴まれた。何と言うか、怪物《こいつ》もブレない奴である。

「君さぁ、前々から気になってたけど、こんな僕なんかに触れて何が……」

楽しいのか。そう言いかけて、喉がつまる。

込み上げてきたのは胸の痛み。トラウマの追体験や悪夢に魘された後はとびっきり苦いコーヒーを飲んで、朝まで陰鬱な感情のまま横になって起きているのが通例だったはずなのに。

唇が情けなく震えていた。

ああ、自分はこんなに脆《もろ》かっただろうか。今まで一人で後悔を噛み殺していた夜に。ただ傍に、たとえそれが怪物だったとしても、誰かがいただけで、こんなにも締めつけるような寂しさを感じるだなんて。

「……僕、ね。兄さんを死なせた上で、今生きてるんだ」

怪物だからだ。何も感じてないコイツだからだ。と、何度も自分に言い訳する。王様の耳の秘密を暴露された穴。それと似たようなものだと思えばいい。

そう思ったら、もう止まらなかった。

沢山のことを話していた。

通り魔に襲われて、僕を庇《かば》った兄さんが死んでしまったこと。

それにより両親とは確執が、いや、埋まらない深い溝ができてしまったことも。

「兄さんは、凄い人だった。父さんや母さんも、僕より兄さんに期待していたから……」

だからだろう。あの時に母さんが発してしまった言葉が、僕や両親を元に戻れなくした。

『何で！　あんたは何していたのよ！　何であんただけ逃げてきたのよ！　何で生きているのがあんたなのよ！』

少なくとも兄さんが生きていた時は、僕だって両親に可愛がられていた自覚はある。愛情深い両親だったと思う。

故に近所でも評判だった自慢の息子を喪《うしな》い、気が動転していたのは容易に想像できたけど……。同時に、そんな場面で放たれた言葉は紛れもない本心だと、僕は子どもながらに気づいてしまった。

そんな簡単な方式が、僕の中で整ったら……。後に来たのは、灰色の日々だった。

両親だけでなく、周囲の蔑《さげす》んだ視線や、謂《いわ》れのない罵声《ばせい》に陰口、忍び笑いが、自分に向けられているように思えてしまい、僕はゆっくりと自分に閉じ籠もっていった。

実際には僕がそう感じていただけで、多くは腫れ物に触るように。あるいはいつも通りに接してくれようとしたのかもしれない。けれども、僕には耐えられなかった。

兄さんは人気者で。だからこそ、周りの嘆きが僕に突き刺さった。僕と兄さんを知る人の傍に歩み寄ることなんて、できなかったのである。

僕がそうしていたら、人はどんどん離れていった。大輔叔父さんだけがずっと僕を気にしてくれていて、それが少しだけ救いになっていたのだが、彼は普段は東京で働いている。なので、今ほど気軽には会えなかった。

だから僕は……一人ぼっちだった。

「辛くなかった、寂しくなかったって言ったら、嘘になるよ」

ポツリとそう呟いた時、膝の重みが消えていることに気づく。怪物がいつの間にか起き上がり……僕の傍にピタリと寄り添うようにして座っていた。

「……何だよ、お前」

思わず苦笑いしながら、僕は自分の手を見つめる。

そんな日常でも僕が壊れることなく持ちこたえられたのは、ある意味奇跡とも言えるだろう。実際は、壊れてしまう度胸もなかったから……というのが、一番の理由なのだけど。

それでも、兄さんが命を賭けて守ってくれたという事実に報いたい一心で、僕は後ろ向きながらも何とか生きていた。今も昔も、僕を真正面から見て、いいところも悪いところも見てくれた最初の人は、兄さんだけだったのだ。

そんな風に過ごしているうちに、ようやく高校までが終わり、田舎を出て新しい土地に来る時が来た。

特に期待はしていなかった。どうせ何も変わらない。適当に職を見つけて、ただ生きていくものだと……そう、思っていた。

「友達ができて。恋人もできたんだ。……どっちも受け身がちな僕をグイグイ引っ張っていく、眩しい人たちでさ」

だからこそ、こんな自分が守りたい、唯一の日常だった。グイグイという意味では、怪物もある意味同じだけれども。

「大切なんだ。だから……」

僕を元の生活に帰してくれ。

心からそう、怪物に訴える。返答はやはりなく、ただ、柔らかな身体がますます情熱的に絡みついてくるのみだった。

「ダメ、か……」

わかってはいたけど。

それでも、夢の余韻に苦しんで。その後に断片的ながら僕の身の上を話し終えるまでの間。怪物は支配の力を一切使わなかった。

たとえ偶然だったのだとしても、僕は何だかそれが少しだけ嬉しかったのだ。

初めてコイツと、心を通わせることができたように思えて。勿論、油断は禁物ではあるのだが。

気がつけば、ベッドに横たえられていて。再び至近距離から見つめられる。

まるで何かを期待するように怪物が僕の顔を覗き込むが、僕は逃れるように顔を逸らして。

そこで怪物は。まるで僕がいつもの調子に戻ったのを察したかのように、支配の力を行使した。

こうして……今宵も僕は少女に隷属する。

結局その日も僕は散々弄《もてあそ》ばれた。

ただ、悪いことばかりでもなかった。その夜。悪夢に悩まされた日では多分生まれて初めて、僕はぐっすりと朝まで眠ることができたのである。怪物の抱き枕にされるという、オマケつきではあるけれど。

※

また夢を見た。

真っ暗な夜の雑木林に僕は立っていて。目に入るのは、クリスマスツリーの飾りみたいに木々に絡みつけられた銀色の網。それが蜘蛛の巣だと気づいた時、僕は林の入り口に、いつも幻覚で視る巨大蜘蛛が佇んでいるのが目に入った。

「…………こんばんは？」

後ろを振り返っても何もない。仕方なく前を見て投げ槍に挨拶すれば、蜘蛛は八つの目を輝かせながら、「ついてきて」というように、僕に背中を向けた。

カサカサと。黒い毛むくじゃらの巨体が蜘蛛の巣まみれの林に消える。

それを僕はしばらく見つめた後。ゆっくりと。暗い森の中へ足を踏み入れた。

そこを抜けた先に、僕が愛した日常が待っているのを信じて。

……思えば、この夢は予知夢だったのかもしれない。後にしみじみとそう感じ入ることになるのだが、今はまだ関係のない話である。

※

目が覚めた時、少し気恥ずかしくなったのは否めない。

誰にも話したことない自分のことを。よりにもよってコイツに話してしまったから。

こいつに感情があるかは未だに微妙だが、それでも甘えてしまったのは事実である。

だから、今日くらいはちょっとだけ優しくしてやろう。

そう思った矢先のことだった。

「……オイ、何やってるんだよ」

いつものようにトーストとコーヒーの朝食を摂ろうとした僕は、パン皿とマグカップを持ったままリビングの入り口で絶句していた。

ちなみに今日のトーストには、ピーナッツバターを塗ってみた。濃厚な味はコーヒーともよく合うのである。

……そうじゃない。

僕は頭を振り、もう一度目の前で起こっている出来事を確認する。

視線の先には、いつものように僕のベッドへ我が物顔で腰掛ける怪物の姿。

その怪物は、今現在何やらテーブルの上に手をかざしている。

それだけならば、別によかったのだ。

問題はソイツが手をかざしている真下にある。そこで……。

大小様々なサイズの蜘蛛が五、六匹。怪物の手の動きに合わせるように隊列を組んで動き回っていた。

「……ねぇ、ホント何してるの？」

手に持つトーストをパン皿ごと怪物に投げつけてやりたい衝動に駆られる。

蜘蛛たちは今度は円陣を組み、どう見てもブレイクダンスにしか見えない妙な踊りを披露していた。

これもコイツがやらせているのだろうか？

もしもこれをリスみたいな小動物がやっているなら、さぞかし可愛らしい光景になることだろう。しかし、現実はコレだ。八本足の不気味な虫たちが織り成すダンスは、それはそれはおぞましいものだった。

僕がなんともいえない表情で佇んでいると、怪物は僕の方に視線を向ける。怪物の視線は、僕の手元……。パン皿とマグカップに移動した。

その瞬間、怪物の手が下ろされる。すると、不気味なダンスを踊っていた蜘蛛たちはたちまち整列し、一列に行進を始めた。テーブルを降り、壁を伝い、そしてエアコンの噴出口の中へ……。

「待て待て待て待て待てぇえ!!」

僕は物凄い勢いで朝食をテーブルに置くと、怪物に詰め寄った。

「オイ！　今の蜘蛛たちは!?　どこにしまった？　僕のエアコンは託児所じゃないぞ

!?」

思わず荒っぽい言動になりながら、僕は怪物の肩を掴むと一気にまくし立てた。

言葉が通じないのはわかっている。案の定、怪物はキョトンとした顔をしていた。

でもちょっと待ってくれ。僕が朝食を持ってきたら蜘蛛を退けるという配慮を見せてくれたのだ。言葉くらい理解してくれてもいいじゃないか。

しかし、怪物は首を傾げるばかり。……わざとやってるわけじゃないよな？

ひきつった表情のまま、僕はエアコンの方へ顔を向ける。

あの蜘蛛たちはエアコンに住んでいるのか、それとも排気孔を使って外に出たのか？

ただ、どうやらこの怪物は他の蜘蛛も意のままに操ることができるようだ。

いろいろな意味で頭痛がしてきて、僕は思考をほぐすかのように親指で眉間を揉む。

すると、それをなぞるかのように怪物の白い指が僕に添えられ、同じように僕の額を指で撫でてくる。

「やめろ」

くすぐったいのもあるが、まるでコイツにいたわれているような気分になり、その手を振り払う。

怪物に心配されても嬉しくない。むしろこんな気遣いをしてくれるくらいなら、さっさと僕を解放してどこか遠くへ行ってくれないだろうか？

多分叶わないであろう望みを心中で吐露しながら、僕はベッドから降りる。

考えたいことは多々あるが、まず腹拵《ごしら》えだ。食べないと頭も回らない。

僕はテーブルの前に腰を下ろし、トーストにかぶりついた。ピーナッツバターのまろやかな味が口に広がる……はずなのに、今日は何も感じない。

片手に食いかけのトーストを持ちつつ、もう片方の手で僕はノートパソコンを起動した。

大学に入りたての頃にアルバイトの報酬で購入したものだ。普段はテーブルの下に収納され、必要な時に引っ張り出すのだが、現在はある理由から常にテーブルの上に出した状態になっていた。

パソコンのすぐ隣にはケーブルで接続したビデオカメラが設置され、そのレンズはちょうど僕のベッド全体が映るようにしてある。

このカメラは、大輔叔父さんが鍋を持って来た日に思い立って買ってきた物。

怪物の手さえ握っていれば外出は可能なので、夜の閉店ギリギリに、人通りがなるべく少ない道を選んで行ってきたのだ。

「よし……やるか」

残りのトーストを口に放り込みつつ、パソコンの画面上に映るアイコンをクリック。

するとウィンドウが開き、ビデオカメラに録画された画像が再生される。

映像にはベッドで寝息を立てる僕と、それに寄り添うように横になっている怪物が映されていた。

純也の部屋に遊びに行き、その帰りに猟奇殺人事件の現場に遭遇してからはや一週間。

あれ以来、この作業は僕の新たな日課となっている。

そう、僕が眠っている間の怪物の監視だ。

大輔叔父さんに事件被害者の死亡推定時刻を聞かなかったのが今でも悔やまれる。何せ僕が〝そのこと〟に疑いを持ったのは、叔父さんが僕の部屋を出た後だったのだから。

そのこととは他でもない、怪物と猟奇殺人事件についてだ。

驚くべきことに、事件が起こる前日や、それに極めて近い時期になると怪物は決まって姿を晦《くら》ましている。僕が把握しきれていない空白の行動時間があるのだ。

例えば京子が来た時や純也の部屋に行った時。大輔叔父さんが訪問してきた時。理由は様々だが、怪物が長く姿を消していると、その数時間後に事件が起きたり、死体が発見されたりしている。

杞憂《きゆう》ならばそれでいい。が、どこか嫌な予感が拭えなかったのも事実だ。

とにかく因果関係を特定すべく、僕はビデオカメラを仕掛けるに至ったというわけである。

なのだが……。

「監視を初めてはや五日……内容はほとんど同じ、か」

僕の頬をつつく、髪を撫でたり抱き締めたり。果ては一晩中僕の顔を見続けていた日すらあった。ぞっとすると同時に、ここまでくると飽きもせずよくやるとさえ感じてしまう。

まさかとは思うが、ここに住み着いてからずっとこればかりだったのかと思うと正気を疑う。

怪物に正気かどうかを問い質《ただ》すこと自体おかしな話なのだが。

だが、わかったこともある。確認したのは五日間だけではあるが、怪物はやはり眠らないらしい。

眠っているところを見たことがないと前に話したが、それもそのはずだ。寝ないならそんな様子を見られるわけがない。

吸血鬼が登場するホラー小説の如く、夜中にこっそり僕の血を吸う。なんてこともないらしい。

ただ僕の傍に存在しているだけ。外に出るわけでもなく、一応血が主食と言ってもいいのかはわからないが、それ以外を口にすることもない……。

僕は黙って背後を振り返る。怪物はベッド側の壁に寄りかかるように座っていた。無機質な目がこちらを見つめてくる。わかっていたことだが、改めてコイツは人間とは違うのだと実感した。

視線をパソコンに戻し、僕は思考を巡らせる。

内臓全てが抜きとられた女学生。

内臓の一部が抜きとられている、それ以降の猟奇殺人事件。

仮の話になるが、その女学生を襲ったのがコイツで、内臓を食い散らかしたのもコイツだとしたら？　コイツの主食となるものが、血だけではなかったとしたらどうだろう。

血と内臓。これがコイツのエネルギー源だとすれば、血はもう既に手に入れている。この僕だ。では内臓は？

血と違い、内臓は替えがない。だから狩る必要がある。狩られたのが猟奇殺人事件の被害者たちだとしたら……？

そこまで考えた僕は、思わず緊張で身体を強張らせた。

怪物が何かしてきたわけではない。

パソコンのディスプレイに映る動画に、変化が見られたのだ。

仰向けに眠る僕の傍ら。さっきまで怪物がいたその空間には、〝誰もいなくなっていた〟。

僕は慌ててマウスを操作し、巻き戻しのアイコンを押す。

どこだ。どこで消えた？

早まる心臓の音を感じながら、僕は穴が開くほど画面を見つめる。——いた。

場面は今日の午前二時十五分の部分。怪物は僕を撫でていた手を止め、ムクリと起き上がった。

しばらく窓を凝視していた怪物は、僕の方をチラリと窺ってから煙のように姿を消してしまった。

僕はすかさず早送りボタンを押す。怪物が再び姿を現したのは、そこから一時間後の場面だった。煙が立ち上るかのように怪物が出現し、僕の傍に寄り添ってきた。

服に返り血のようなものは見受けられないが、何か様子がおかしい。どうやら手に何かを持っているようだ。

僕が固唾《かたず》を飲んでその様子を窺っていると、怪物は更に驚くべき行動に出た。そっと手に持つ何かを口元に持って行き、明らかに何かを咀嚼するような仕草をし始めたのだ。

何を食べているのかはこの映像からは見えない。だが、肉のようなものであるのはわかる。

なぜなら、怪物の口元は赤く染まり、柔らかい物を噛む、クチャクチャという音が響いていたのだから。

唐突に身体がひとりでに震え出した。コイツは何を……何を食べている？

市販の肉では口元はああならない。生きた動物を食べているのか、それとも……。

僕はとっさにベッドのシーツを確認する。血らしきものはついていない。溢《こぼ》れないように腐心したのか、それとも残らず舐め取ったのか。

蜘蛛は獲物を糸でぐるぐる巻きにし、体液を吸い取ると言われている。しかし、厳密に言うとそれは間違いだ。

彼らは噛みついた部位を特殊な唾液で溶かし、それを啜るようにして補食する。故に補食された後の蜘蛛の巣には、獲物の皮の残骸だけが無惨に残る。

コイツもこの時、同じように獲物を補食していたのだろうか？

スルリと、後ろから怪物の腕が僕に回される。

この時、僕は激しく後悔していた。侮《あなど》った。僕の命が奪われないからといってじっくり考えていてはならなかったのだ。

コイツはもしかしたら、一定の周期で他の人を襲っているかもしれないのに。

だが……だがどうすればいい？　僕がコイツを何とかすることができるのか？

下手したら僕も被害者たちのように……。

終わらない思考のループに囚われ、僕は頭を抱えた。

その時。耳朶《みみたぶ》にくすぐったくて湿った感触が走る。耳を甘噛みされているらしい。

……人の気も知らずにのんきな奴だ。

いや、これは僕など脅威にもならないという気持ちの現れなのかもしれない。

身体を硬直させたまま、僕は怪物のされるがままになる。

逃げられるはずもない。僕はコイツに囚われているのだから。

やがて、首筋にゾブリと怪物の牙が突き立てられるのにそれほど時間はかからなかった。

※

その日の夕方。僕は朝から点け続けているテレビを凝視していた。

理由は言わずもがな。ビデオカメラに残されていた怪物の映像。アレであいつが食べていたのが、人間の内臓だったとしたら……。

間違いなく今日か明日に新たな犠牲者の報道が出るはずだ。それで怪物は高い確率で黒だ。そうなったら……。

「……どうすればいいんだ？」

僕は一日中、もっぱらそれだけを考えていた。コイツが黒だったとして、どうすればいい？

警察に突き出す？　無理だ。突き出そうとしたところで、あっさり姿を消されるのがオチだ。

もう殺すなと説得する？　それも無理だ。コイツには話が通じないと、何度も確認してきたではないか。そもそもアレがコイツの生きる術ならば、説得等で止めることはできないのではないだろうか？

現状、僕自身がコイツを何とかするくらいしかないわけだ。

例えば、どうにかして姿が消える能力を解明し、それを封じる方法を見つけ出す。そうしたらコイツを犯人として突き出す……。それまでに一体何人の犠牲者が出ることだろう。

他にもいろいろ考えたが、結局穴がある方法ばかり。更なる犠牲者が出るのを止めることはできない。ならばもう……。

僕はテレビから目を逸らし、怪物の方へ視線を向ける。怪物はいつものようにベッドに座ったまま、今は僕の部屋にある本を手にしていた。

読んでいるわけではないのは明白だ。さっきから本を閉じたり開いたり、ひっくり返したりと全体的に検分するかのように観察している印象だ。他にも文字を指でなぞったり、挿し絵をマジマジと眺めたりもしていた。

その場面だけを切り抜けば、読書に勤しむ品のいいお嬢様のように見えなくもない。

僕はゆっくりと立ち上がり、ベッドに腰を下ろす。

現場の死体は様々な殺され方をしていた。コイツは内臓を抜き取った後、好奇心から死体を弄くり回したのだろうか？　ちょうど今本を弄んでいるように……。

何となく怪物の髪に触れる。すると、怪物は珍しく驚いたような表情を見せた。

基本的にコイツは無表情だから、感情があるのかわかりにくい。でもよくよく見ると少しタレ目がちな目が僅かに見開かれていた。だから多分、驚いているのだろう。

黙ってその黒絹のように滑らかな髪を指でとく。ビックリするほど柔らかく、それでいてサラサラした美しい髪だった。

思えば僕の方から怪物に触れるのは、これが初めてではないだろうか。

そんなことを考えながら僕はゆっくり手を下に伸ばし、怪物の首に触れる。

……確実に怪物を止める方法が、一つだけある。

純也や京子、大輔叔父さんを巻き込みたくないと強く思ったあの夜に考えたことを実行すればいい。

怪物を……殺す。

リスクはある。コイツが死んだ後、死体はどうする？　姿を消すときのように消えてくれるならば問題はない。

だが、もし消えなかったら？

死体を処理する方法など、ただの大学生たる自分が持っているわけがない。その時僕はもれなく殺人犯となってしまうだろう。下手したら連続猟奇殺人の容疑者にされてしまう可能性すらある。

指でそっと、怪物の細い首を撫でる。怪物はうっとりするように目を閉じ、僕にされるがままになっている。

……今なら……。

僕の心の中で、そんな声がした。ゆっくり手のひらを怪物の首にかける。後は力を込めればいい。そうすれば終わる。終わるのに。

気がつけば僕の手は震えていた。怪物を見ると、いつのまにか目を開き、無表情のままこちらをみつめている。

漆黒の瞳には、怯え、迷う僕の顔が映し出されていて。

同時に、自分をさらけ出した夜を。情けないあの姿を受け止めてくれた〝彼女〟を思い出した。

……早まるな。

ゆっくりとそう言い聞かせ、怪物の首から手を外す。まだ証拠が出揃っていない。アイツが食べていた物を特定する必要があるし、補食行動と殺人事件の因果関係はまだ確実とはいえない。

そんな状況で僕が殺しのリスクを背負うことはできるわけがない。こんなことを言っては何だが、僕は正義の味方などではないのだ。

他人のために自分を犠牲にするだなんて聖人君子のような高潔な精神は持ち合わせていない。

だからもう少し……まだ今は、怪物に疑いがかかっている段階だ。だからもっと沢山の証拠がいる。怪物がこの殺人事件を起こしているという、明確な証拠が。

僕はベッドから立ち上がる。そろそろ夕飯時だ。

今日もそうだが、どういうわけか、最近めっきりお腹が空かない。殺人現場を見たからかはわからないが、特に肉が食べられなくなった。そんなわけでここ数日の食事は質素で簡単な物になっている。

「……うどんでいいや」

誰に告げるわけでもなく僕がそう呟き、キッチンに向かってゆっくりと歩き始めた時……。

蜘蛛の巣で日向《ひなた》ぼっこする、僕と巨大蜘蛛の幻像を見た。隣にいるのが不快な虫でなければほのぼのとするに違いない絵。それが千切れた映画のフィルムのように僕の視界から消えて。

直後。身体が跳ね上がり、僕が支配される。

操られた身体はキッチンに向かおうとした体勢から、怪物のいるベッドにまでUターン。そこで僕の身体は怪物の方へそっと手を伸ばし、その髪を優しく撫で始めた。

……ああ、気に入ったのね。これ。

僕が脱力感に苛まれる中、怪物は感触を確めるかのように目を細めている。

調子が狂う。さっきコイツの首に手をかけた時の戸惑いといい、僕は一体どうしてしまったというのだろう。

ゆっくりと心中でため息をつく。うどんを作るのはもう少し後になりそうかな。なんて思ったその時だ。唐突にテレビから鋭い音楽が流れ始めた。緊急のニュースらしい。

まさかね。と思いつつ僕は怪物の髪を撫でながら、意識を耳に集中させた。

『ただいま入りましたニュースです。本日午後、雁ノ沢市在住の阿久津純也さんが、遺体で発見されました』

それを聴いた時。頭をハンマーで殴られたかのような衝撃が僕を襲い、世界が静寂に包まれた。

『……死体からは臓器の一部が持ち去られており、警察では連続猟奇殺人事件の新たな被害者の線で捜査を進めており……』

報道はもう耳に入らなかった。血が急速に冷え、それに反して体が熱くなるのを感じる。

やがて、時間と共に訪れる甘い痺れが、僕を自由の身にする。

ああ、そうだ。この〝化け物〟に僕は支配されてたんだっけ。それが解けたなら……ああ、よかった。これで心置きなく、コイツを……！

理性が砕け散る音を聞いた時、僕の身体は迷うことなく少女に襲いかかった。

第六章
決別と殺人鬼

あれは確か、大学が始まってから間もない頃。僕たちが知り合ってすぐのことだったと思う。

「お前さ。意図的に人を避けてねぇか？」

「……なんだい。藪《やぶ》から棒に」

大学の食堂で一緒に昼食を摂っていたら、不意に彼が僕に問いかけてきた。

突然の話題に僕が怪訝そうな表情を作ると、彼は頭を掻きながら話し始めた。

「何て言うのかな？　この間の合コンの時もそうだったけど、必要以上に人と関わらないようにしてるっていうか……」

「……人見知りなんだよ。それに、どうしても深く関わろうとすると躊躇《ためら》いが出てしまう性格なんだ。こればかりはどうしようもない」

肩を竦めながらそう言う僕に、彼はふ～ん、と、不思議そうな表情を浮かべながら昼食のカレーを口に放り込む。

口元についたご飯粒は教えてやるべきだろうか？

「んじゃ、俺がこうやって関わってくるのも辛かったりするのか？」

そこで飛び出した率直な言葉に僕は口をつぐむ。

心に少しだけ問いかけるような質問だった。

彼と関わって、苦痛か、そうでないか。

知り合って数週間。実はそこまで深く考えたことがなかったのである。

大学で会えば挨拶するし、こうして行動を共にすることも誘われればある。

……これって人見知りな僕にしては珍しい事態なのではないだろうか？

自分の状況に首を傾げつつ、比較するつもりで今まで僕に関わろうとしてきた人たちを思い浮かべた。

単に好奇心旺盛で根掘り葉掘り事情を聞いては、人のトラウマをほじくり返す、無自覚に残酷な人間。

孤立気味の僕に〝気遣いをしてやる〟ことで自分に酔う、偽善者な人間。

足並みを揃えない奴が気に食わなくて、僕や他人を自分が納得するカテゴリーに納めようとする傍《はた》迷惑な人間。

他にもいろいろいたが、陰鬱な性格な上、無意識に人から距離を取ろうとする僕に対して、積極的に友人関係を築こうとする人間など、今まではいなかった。

大学においても、この性格が災《わざわ》いして、他人と話すことがなかなか難しかった。

だから、彼のような例はかなり珍しい。

偽善を振りかざすわけでもなく、自分と同化させようとするわけでもなく、ただ純粋に時間を共有する。

それは大学の授業であったり、休日にナンパに出かけたり、他愛のないことで笑ったりする、それだけの関係。

そう考えると、人の気持ちに敏感だった僕にとっても、変に表裏がない彼は一緒にいるのが苦痛ではなかったのだろう。

結論が出たのでその旨《むね》を告げると、彼はニッと快活な笑みを浮かべた。

「なんだ。ホッとしたぜ。ダチだと思ってたのは俺の方だけじゃなかったんだな」

ダチ……友達。久しく聞かなかったその響きに、僕は戸惑いながら彼を見返す。とうとうカレールーまでもが頬にこびりついていても、その豪快な笑みはどこまでも男らしく、同性の自分から見ても素直にカッコいいと思えた。

だが、同時に解《げ》せないことも一つあった。何故、彼は僕を友達と言うのだろう？僕が彼だったら、こんなのと関わろうとは思わない。何かメリットがあるとも思えないし。

疑問は気がつけば口から飛び出し、彼はその質問に目を見開いて。

直後、僕は彼から強烈なチョップをお見舞いされていた。

「アホ。メリットデメリットでつき合うなんて、それもう友達じゃないだろ。理由なんざ特にない。それじゃダメなのかよ？」

「痛いんだけど。……ダメとは言わないけどさ。正直信じられないんだよ。僕を友人だって言ってくれるなんて」

そう言う僕に彼は静かにため息をつく。

「あー。お前に昔何があったかは知らんし、聞かん。でも少なくとも俺は、お前といても苦痛じゃないぜ。ちと暗いのが難点だが、歯に衣《きぬ》着せることなく、裏表なしで真っ正直に接してくる奴なんて、なかなかいないからな。俺もそこだけは似た性格だから楽なんだよ」

柄《がら》にもないこと言わせんな！　と、彼はグリグリと僕の頭に拳をめり込ませる。照れ隠しなのかもしれない。

そうか……久しぶりすぎて忘れていた。友達ってこんな感じだったよね。僕が感慨深げに頷くと、彼は思い出したかのようにポン！　と手を叩いた。

「ああ、そういや理由らしい理由一個あったわ」

そう言って彼は僕の昼食を指差す。正確には昼食のミートソースパスタの隣、コーヒーの入った僕愛用のステンレスボトルにその指は向けられていた。

「俺コーヒー飲めないんだよ。ブラックで飲める奴とかスゲーカッコいいと思うし、憧れる」

そう言って、彼は再びニッと笑う。これが、僕の中で知り合いという認識だった存在が、本当の意味で友人に変わった瞬間でもあったと思う。

友人になることに、理由らしい理由はいらない。彼らしいシンプルなこじつけだった。

僕にはそれがくすぐったくて、何より嬉しかった。

「僕はね。運動全般がダメなんだ。走るのは遅いし、チームプレイも無理。センスがないって言っていいと思う。だから君みたいに運動部から引っ張りだこな人は凄いと思うし、憧れだよ」

だから取り敢えず、お返しに誉め返してみた。だが、それを僕の照れからくる行動だとわかったのか、彼は心底可笑しそうに笑いを堪えていた。僕ってそんなにわかりやすいのだろうか？

でも仕方ないじゃないか。誉められるのは慣れていないんだ。やり場のない気恥ずかしさに頬を掻く僕を「やっぱ面白いよお前」と彼はからかうように言う。

よし、大惨事な頬っぺたは黙っておくことにしよう。僕は密かにそう決意した。

「お前さ、自分が冷酷か、冷淡だと思ってるクチだろ？」

「さぁ？　でも、どちらかというと冷たい人間に入るんじゃないかな？」

僕はそう答えてボトルのコーヒーを口にした。そんな僕を見た彼は、何が楽しいのか笑いを漏らす。さっきから笑いすぎではないか？　この男？

「いや、違うね。怒らないで聞いてくれよ。多分お前は……」


あの時、彼が言った言葉は今でも覚えている。あの言葉で、僕はほんの少しだけ前向きになれた。

結果的に周りの人間とも少しずつ話せるようになったと思う。

恩人とも言える男の名前は阿久津純也。彼の前では決して口には出さなかったが、僕にとって無二の親友と言っていい、かけがえのない存在だった。

その純也が死んだだなんて……殺されただなんて、僕には耐え難い事実だった。

※

「がぁあああぁぁぁあああ‼」

意味不明な雄叫びをあげながら、僕は怪物に掴みかかり、一気にベッドに引き倒した。

心臓が狂ったように早鐘を鳴らし、血液は全身で沸騰しているかのよう。

僕はそのまま、怪物の華奢《きゃしゃ》な身体に馬乗りになり、黒いセーラー服の胸ぐらを掴む。

「なぁ……お前が殺したのか？　純也も、隣人さんも……お前が喰ったのか？」

僕の問いかけに怪物は答えない。それどころか戸惑ったかのように僕を見上げるばかり。……惚《とぼ》けているのか？

「なぁ、答えろよ。僕が逃げ出したりしたから、純也を襲ったのか？　それとも、たまたま僕の向かった先に獲物がいたからなのか？　昨日僕が打ち明けたのを聞いて……その仕打ちかよ！」

相次ぐ支離滅裂な質問にも怪物は答えず、そっと両手を伸ばし、包み込むかのように僕の頬に触れる。

虫酸《むしず》が走るような感覚にとらわれ、僕は思わず身震いする。

何も感じない。当然ながらコイツは人の死に何も感じていないのだ。

純也は、どのように殺されてしまったのだろうか？

無念だったろう。

痛かっただろう。

恐ろしかっただろう。

でも、僕は何よりも理不尽さと悔しさを感じていた。

純也がこんな形で人生を終えてしまったこと。何より、怪物に捕らわれていた僕と関わったがために、彼は命を落としてしまったことに。

間接的に僕が殺してしまったようなものではないか。

歯がギリギリと音を立てる。

「なぁ、何か言えよ！　言い訳があるなら話してみろよ！」

血が滲むかと思うほど拳を握り締め、僕は怪物を睨みつける。未だに頬に添えられる手を感じながら、僕は慟哭《どうこく》するように怪物をまくし立てる。

怪物は相変わらず無言のまま、僕を見つめてくる。無機質なその目が、少しだけ戸惑いの色を見せているように思えたが、もう僕には関係なかった。

ゆっくりと拳を振り上げる。

最初からこうするべきだった。

僕が最初から、コイツを殺していれば……！

拳を振り下ろす。狙うは怪物の腹。だが、それをコイツは許さなかった。

不意に僕の脳髄に電流が走る。……ああ、そうだよな。生身の僕が殴りかかったところで、怪物には何の脅威にもなりえない。でも……。

蜘蛛と僕が、楽しげに原っぱを歩いている。

悪夢のような白昼夢が終わり、ひとりでに動く身体の中で、僕は意識だけでも怪物を睨む。

狙うは支配の力が切れるその瞬間。

惨《みじ》めでもなんでもいい。今はコイツに少しでも痛みを与えてやりたかった。なのに……。


「…………」


怪物は無言のまま僕を抱き締め、背中をさするように撫でてきたのだ。

……何だこれは？　よりにもよって、僕を慰めているというのか？

唐突にカメラの映像が僕の脳裏にフラッシュバックする。

口元を血に染め、何かを補食する怪物。アレはきっと、純也の……。

戸惑いで冷えかけた頭の血が再び沸騰する。証拠なんていらなかった。

タイムリミットが訪れて、僕は怪物の支配から解放された。ゆっくりと僕から離れた怪物は、そっと僕の顔を窺っている。怒りが収まったかを確認しているのか、僕をただ見たいだけなのか。

だが、そんなことはもう、どうでもいい。

僕は、再び怪物をベッドに引き倒し、拳をそのまま怪物の腹に叩き込んだ。

殴打《おうだ》による嫌な音の後に、怪物が苦しげに身体を丸める。容赦はするな……！　僕はもう一度拳を振り上げ……。

電流が走り。蜘蛛が何かを訴えるように悲しげに身体を震わせる幻覚を視た。見たくもない光景を無理矢理見せられて、僕の身体は再び支配される。

気がつけば、僕と怪物は互いに向かい合って正座していた。怪物はそのまま僕の手を取ると、殴りつけた拳をゆっくり擦る。まるで殴った僕の方が痛いだろうとでもいうかのように。

何故だ。どうしてお前が僕の心配をする？

そこまで考えた僕の身体にまた自由が戻る。すぐさま二発。怪物の腹部に拳を叩き込む。

鈍い音と共に怪物はよろめき、崩れるようにベッドに倒れ込んだ。

だが、それでも怪物は、未だに縋《すが》るような視線をこちらに向けて来ていた。……やめろ。そんな目で僕を見るな。

僕の身体がしばし硬直する。それを見た怪物は、静かに僕を引き寄せて、今度は僕の頭を自分の膝に乗せ、僕の髪をとき始めた。

手が震えていた。怪物も痛みを感じるというのだろうか？

なら、どうして……。

鎌首《かまくび》をもたげかけた失望の念を、目を痛いくらい瞑《つぶ》って封じ込めた。コイツに何の期待していたんだと、何度も自分に言い聞かせる。

相手は人喰いの怪物なんだ。あんな巨大蜘蛛が友達だなんて御免だ。

残る迷いを振り払った僕は、そのまま下から怪物の顎を殴りつける。骨と骨が激突し、嫌な音が部屋に響き渡った。

震えながら顎を押さえてベッドに蹲《うずくま》る怪物。僕はそれを無表情に眺めながら、拳の骨を鳴らす。

そっちが何もしてこないなら……このまま遠慮なく攻撃を続けるまでだ。

何故か刺すように痛み始めた胸を無視して、僕は怪物に襲いかかった。怪物の口元が切れ、赤い血が流れていた。お前の血も赤いのか……。そんなことを思いながら。

何度も何度も僕を支配し、縋りつき、甘えるように擦り寄ってくる怪物。それを僕は、解放されるたびに幾度となく暴力によって突き放した。

幻覚の中に現れていた巨大蜘蛛も、目に見えて弱っている。

身体のあちこちがひしゃげ、脚の何本かは折れているが……。それでも、何とかして僕の傍に寄ろうと地面に腹を擦れさせながら、必死に這ってくる。

……ああ、もう。

「気味が悪いんだよぉ！　この……！　……っ、この化け物ぉ！」

いつしか拳が悲鳴をあげるのも気にも留めず、僕は心の端に纏わりつく何かから逃がれるように、怪物の頭を、胸を、腹を、背を、ところかまわず殴打し続ける。

「くそ……畜生……！」

何に悪態をついているのかもわからず、僕は殴る手を止め、荒い息のまま目の前を見る。ぐったりと身をベッドに横たえる怪物は、時折痙攣するかのように身体を跳ね上げていた。

拳が、その奥の骨が鈍い痛みを発している。そして何より、身を切るような謎の切なさが僕を襲っていた。

コイツが……あの怪物なのか？　思わず僕は疑問を口にする。幾度も僕を支配し、恐怖させた存在は、今はまるで、理不尽な暴力に身をさらされた、ただの少女のように見えた。

……違う！

僕は慌てて、一瞬浮かんだ考えを否定する。

コイツは怪物だ！　夜な夜な血を啜る化け物だ！

それに見たはずだ！　無慈悲に臓物を喰らう姿を。僕の友人を殺したのは、間違いなくコイツなのだ！

だから、慈悲はいらない。冷徹に冷酷に引導を渡すのが、人間として正しいはずだ。

これ以上犠牲者を出すわけにはいかないのだから。

僕はゆっくりと怪物を仰向けにし、その上に馬乗りになる。

心なしか、支配する時間が短くなっている気がする。怪物が弱っているからなのか、別の要因かはわからない。だが、これはチャンスだ。

「……恨むなら、恨めよ」

そんな言葉が無自覚に漏れる。コイツを痛めつけたところで、心が晴れることはない。純也が戻ってくるわけではない。

もう一思いに楽にしてやるのがお互いのためだろう。

軋みをあげる手と、胸の奥の何かを抑え込み、ゆっくりと僕の両手が怪物の喉にかけられた。

怪物と僕の目が合う。

痛々しく腫れ上がった頬は、白い肌も相まって赤みが目立つ。

乱れたセーラー服。ところどころ伝線し、破けた黒ストッキング。この分だと服の下には痣《あざ》がいくつも浮かんでいることだろう。

自分自身にこんな一面があったことに驚愕しながら、僕は怪物を見下ろした。

怪物が倒れている姿は儚《はかな》げで、手折《たお》られた百合《ゆり》の花を思わせた。

傷ついて尚美しいその姿を、僕は呆然と眺めていた。

見とれていた？　いや、違う。僕の目が引き寄せられたのは別の要因だった。

あの怪物が……泣いていたのだ。

泣き声をあげるわけではない。目に涙を浮かべ、静かに透明な雫を落とし、真っ直ぐ僕の目を見据えていた。

「何でだよ……お前、人の臓物を食べるような怪物なんだろう？　何で僕に殴られただけで泣くんだよ。どうして僕に何もしないいんだよ？」

手が震える。痛い。力が入らない。

コイツは純也の仇《かたき》のはずだ。なのに何故動かない？　仇なのにどうして……。

怪物の顔に水滴が落ちた。僕はそれの正体を理解し、ますます絶望する。

どうして僕は……泣いているんだ？

驚愕する僕の頬に、いつかのように怪物の手が添えられた。

「あ……？」

声を出す暇もなく、唇が重ねられる。弱々しく差し入れられた舌が、突然の出来事に目を見開いた僕の口内を、優しく撫でていく。

驚いたことに、コイツは今、初めて支配の力を使わずに僕にキスをしてきた。つまり、僕は今、動くことができる。

怪物を振り払うことも、その舌を噛みきることすらできるだろう。

なのに僕は何もできず、ただ怪物の目を見つめていた。

やがて、ゆっくり怪物の唇が僕から離れる。血と涙が混じり合ったような味がした。

そうして怪物は、いつものように幸せそうに、それでいてどこか悲しげに微笑んだ。

「……お前は……」

僕が声をかけようとしたその瞬間、怪物はいつかのように唐突に姿を消失させてしまった。

ただ一人部屋に残された僕は、怪物の血が少しだけ付着したベッドを、ぼんやりと見つめ続けていた。

※

カーテンから射す明かりにさらされ、僕はゆっくりと眠りの世界から帰還した。

指でつつかれたり、抱擁《ほうよう》やキス、甘噛み等が伴わない普通の目覚め。変な話になるが、そんな朝が久しぶりすぎて、僕は身体を起こしてから、しばらくは呆けたように宙を見つめていた。

……起きなきゃ。

何分かしてから、ようやくそう思い立ち、ぐっと両腕を上げる。

背筋を伸ばすと同時に深呼吸。その時、よく干された布団の匂いに混じり、花のような香りが漂った。

アイツの……怪物の残り香《が》だ。

思えば一ヶ月程、アイツはこの部屋にいたのだ。

ゆっくりとベッドから降り、洗面所へ向かう。

その途中でふと、なんとなく振り返り、僕は自分の部屋を見渡した。

いつもの家具配置に、急遽取りつけた監視用のビデオカメラとノートパソコン。それだけがある。

いるのが当たり前になりつつあった黒衣の少女は、もういない。

「……いいんだよ。それで」

誰に告げるわけでもなく呟いた僕は、空っぽのベッドを振り切るように、再び洗面所へ足を向けた。

蛇口を捻り、顔を洗う。

染み込むような冷たさの中で、昨日のニュース報道が頭にリフレインしていく。

『阿久津純也さんが、遺体で発見されました』

実感は、湧かなかった。

事務的な声で告げられても、新聞の見出しを見ても。

純也は今も普通に生きていて、いつものように飲みやカラオケ、ナンパやビリヤードなどに誘いに来るのではないか。僕と京子の近況を嬉々として根掘り葉掘り聞き出しにくるのでは。

そう考えてしまう。

実にありきたりだが、胸にぽっかり穴が開いたよう。そんな喩えが、一番近いかもしれない。

結局、僕は純也が死んだという事実を突きつけられてから、未だに驚き、全身を震わせているのだろう。

壊れる手前でギリギリ持ちこたえている。そんな状況だ。

その危ういバランスを維持するのに貢献していたのは、皮肉にも怪物の存在だった。

アイツが、涙なんか流すから――。

顔を上げれば、水に濡れた自分の顔がそこにある。元から青白いのも手伝って、こうして見ると何だか幽霊みたいだった。

……アイツの目には、僕はどのように映っていたのだろうか。

「……違うだろ」

言い様のない感情がせり上がってきて、僕は咄嗟《とっさ》にバスタオルへ顔を埋めた。考えたいのは、そんなことじゃない。

もう一度、昨日の出来事を思い出す。

アイツは、何故僕に手を出さなかった？　貴重な血の供給源だから？　そうだとしても、自分自身を攻撃をしてくる相手に、あんな労《いたわ》るような行動をとるだろうか？　涙など流すだろうか？

そしてもう一つ。アイツはどこに姿を消したのだろう？

今までどんなに追い出そうとしても涼しげな顔で帰ってきた怪物。

僕と二人きりの時は必ず姿を現していたアイツは、僕に殺意を向けられ、攻撃を加えられた途端に僕の前から姿を消した。

恐怖からか、それとも身の危険を感じてか。

それもあり得るだろう。だが、だとしたらアイツは今、どこに身を寄せているのだろうか？

顔を洗い終わり、鏡を見ながら髪を整える。

そのまま台所のトースターにパンを投入し、コーヒー用のお湯を沸かす。

考えることを止めてルーティンワークじみた朝の日課に埋没していると、何故かアイツの最後に浮かべた微笑みが頭を過った。

幸せそうで、それでいてどこか物悲しさを匂わせた怪物のあの表情。それが、僕の頭にこびりついて離れないのだ。

「……あー、くそ」

無意識に、慣れない悪態が漏れる。

何故だ？　やっと解放されたのに。もう毎晩血を吸われることもないというのに。

パンが焼けた合図が響き渡る。

熱いのを我慢してトーストを皿に載せ、コーヒープレスで淹れた少し濃い目のコーヒーと一緒に、リビングへ。

テーブルの前に腰掛け、並べられた簡素な朝食に手を合わせる。

いつもならここで後ろから怪物が引っついてくるか、僕の耳を甘噛みしてくる場面なのだが、今日はそんなこともない。久しぶりにゆっくりと朝食が摂れそうだ。なのに……。

マーガリンと蜂蜜がたっぷりと塗られているはずのトーストは、まるで乾パンを食べているかのように味気なかった。

純也の死、怪物のこと……あまりにもいろいろありすぎて、辟易《へきえき》してしまっているのだろうか？

機械的にトーストを咀嚼しながら、僕はテレビを点ける。ニュースが流れているが、ロクに耳に入らない。猟奇殺人事件については……新しい情報はないようだ。

怪物は今野放し状態で、犠牲者の一人は出るのではと危惧していたが、今のところは大丈夫らしい。

もっとも、出たところで僕には何もできないが。

虚無感と無力感に苛まれたままコーヒーを啜る。すると、不意に携帯電話のメロディーが流れ出した。

「もしもし？」

「……もしもし？　レイ君？」

ゆっくり通話ボタンを押すと、とてつもなく意気消沈した声が電話の向こうから聞こえてきた。

そのあまりにも暗いトーンに、僕は思わず携帯から耳を離してディスプレイを覗き込む。間違い……ではないらしかった。

「き、京子……なの？」

「うん、あたしだよ……レイ君」

僕が思わず聞き返してしまったのは、一瞬誰なのかわからなかったからだ。それほどに今の京子には、普段の彼女らしさがなかった。

「……ねぇ、今日、会えないかな？　レイ君の顔……見たいよ。話がしたいよ……」

泣き腫らしたような声が響く。いつもの京子じゃないのは明白で、僕は飲みかけのコーヒーはそのままに、弾かれるように立ち上がった。

「も、勿論！　すぐに行くよ！　何があったの？」

電話で応対しながら外出の支度をする。いつも元気な京子が発した弱々しい様子に、自然と僕の心中も焦燥し、軽いパニック状態になる。

すると、京子は急に電話の向こうで泣き出してしまった。「落ち着いて！　すぐ行くから！」と声をかけながら、僕は急いで部屋を出る。ただごとではない。僕は持ちうる限りの全力で最寄りの駅へ向かって疾走する。

携帯電話からは耳を離さない。こんな状況で電話を切れるわけがない。

電話の向こうで京子は、しゃくり上げるような声を漏らしながら「あのね……」と、言う。そこからしばらくエグエグと呻いてから、ようやく京子の言葉が紡がれる。

「あたし……純也君を殺しちゃったのかもしれない……!!」

「…………え？」

※

酷い有り様だった。

勿論、いざ部屋に行ってみたら、物凄く散らかっていたといったベタな話などではない。

むしろ部屋は整頓されていて、とても綺麗だった。

女の子特有な甘ったるい香りと、これは油絵の具だろうか？　独特の鼻にくる匂いが入り混じった部屋には、シンプルかつシックな家具が並べられ。他には画材やキャンバス、絵やデザインの本といった、美術を専修する京子らしい品々が置かれている。

こう説明すると、普通の美大生の部屋だ。酷い要素の欠片もないように思える。

だが、問題はそこに棲《す》む本人にあった。

「うぇぇぇぇん！　レイぐん！　レイぐ～ん!!」

僕が到着するなり京子は涙と鼻水でぐしゃぐしゃの顔のまま、僕にタックルを仕掛けてくる。

いつから泣いていたのかはわからないが、鼻声を通り越してがらがら声になってしまっていた。

僕の胸元の服をガッシリ掴み、泣きじゃくる京子を僕はゆっくりと引き寄せる。転ばずに踏みとどまれたのは奇跡に近かった。

「遅くなってごめん、久しぶり」

「ひさしぶりっ……！　レイ君……！」

京子の背中を擦りながら、僕はぎこちない笑顔を浮かべる。すると、京子もくしゃくしゃになった顔を綻ばせ、そのまま僕の胸に顔を埋めてしまった。

やがて、啜り泣くような声と共に京子が肩を震わせ始める。

純也を殺してしまったという京子の言葉は気になるが、今は彼女を落ち着かせる方が先決だろう。僕はそう結論づけ、京子が泣き止むまで静かに待つことにした。

※

「藤堂《とうどう》……修一郎《しゅういちろう》？」

「うん。レイ君は当然知らないと思うけど、同じ大学の人。あたしと同じ美術専修よ」

知らない名前が出て来て、僕が訝しげな顔をしていると、京子がそう説明する。なんでも猟奇的な死体の絵を描くのが好きな変人で。藤堂修一郎本人曰く、強烈な〝死〟を描くことにより、相反する〝生〟を際立たせた芸術を生み出している。とのことだ。

凡人たる僕にはいまいち理解できない。

「それが……純也とどういう関係が？」

「一週間くらい前かな。レイ君のことで相談があるって、純也君が美術棟にやってきたの」

「……僕のことで？」

驚きで目を見開く僕を京子はじっとりした視線で見てくる。

「大学全然来ないし。こっちから連絡入れないと音沙汰なしになるし……そりゃ心配するでしょ」

「う……」

痛いところを突かれ、思わず僕が口ごもる。それを見ていた京子はため息をつきつつ、話を続ける。

「そこでは、とにかく私たちで頻繁《ひんぱん》に会いに行こうって話になったの。私も絵が完成する頃には余裕もできるから」

わかってはいたことだが、心配をかけ続けていたことを改めて認識し、肩身が狭い思いになる。

「でも、そこからどうして藤堂修一郎の話になるのさ」

僕がそう訊くと、京子は携帯を取り出し、震える手を抑えるようにボタンをプッシュする。

メールボックスが開かれ、その中に純也の名前があった。日付は純也が遺体で発見された日の前日。

メールには今から藤堂修一郎の家に行く。万が一俺が戻らなかったら警察に連絡して欲しいといった内容が記されていた。

「純也君が帰り際に美術棟の壁に展示されている作品を眺めていたの。そしたら急に藤堂君の作品を見て血相変えて『絵の作者の連絡先を教えてくれ』って……」

「絵を……見て？」

思わずそのメールを凝視する。純也がそんな悪趣味な絵に関心を示すとは思えない。ということは、その絵が純也によっぽどの衝撃を与えたのだろう。

しかも、帰らなかったら警察へ連絡しろ、とまで言わせるほどに。

「藤堂君ね、純也君が殺されてから……連絡が取れないの。他の知り合いに頼んでもダメ。部屋に引き籠もったまま出てこないらしいの」

「……出てこない」

「絶対怪しいから警察にも連絡したんだよ？　でもダメ。証拠らしい証拠が出なかった上に、被害者たちとの接点がなさすぎるって……」

京子はそっと両手で顔を覆う。

「でも……おかしいよ。何事もなく戻ったなら、純也君ならメールの一つくらいくれそうじゃない？　何の連絡もなしに、翌日あんなことになるなんて……」

再び涙ぐむ京子。潤んだ目が悲哀を誘うようだ。

「あたしが……藤堂君なんて得体の知れない人の連絡先を教えたから……。あたしがあの時、嘘ついてでも知らないって答えていれば……こんなことにはならなかったたかもしれないのに……‼」

慟哭を漏らす京子に、何も言えなくなる。こんな時、何を言っても慰めにならないことを僕は知っている。

兄さんが死んで、僕が生き残った時と同じ。

罪の意識に苛まれている時、それを告白する人が求めているのは、慰めではない。ただ懺悔する自分の言葉を、押し潰されそうになる心を、誰かに聞いて欲しい。それだけなのだ。

だから僕が今できることは一つだけ。

「……京子。僕にも藤堂修一郎の絵を見せて欲しい。場合によっては連絡先も聞きたい。案内してくれないか？」

僕の申し出に京子は目を見開き、「ダ、ダメ！　ダメだよ！」と、猛烈な勢いで首を横に振る。けれども僕は引く気はなかった。心の中に、火をくべられた気分だった。

「お願いだ、警察が動かなかったんだろう？　なら……」

「ね、ねぇ。もしかして、仇討《あだう》ちとか考えてるの？」

「そんなんじゃないよ。純也に関係する真相が知りたい。それだけだよ」

絵を見て何を思ったのか。死ぬ前に会っていた人物、藤堂修一郎と何を話したのか。

それを確かめたい。事と次第によってはそれが純也や他の被害者たちを死に追いやった、猟奇殺人事件の犯人を見つけ出す手掛かりが得られるかもしれない。そうすればきっと、純也も浮かばれる。

仇討ちなどではない。これは弔《とむら》いだ。今僕がやるべきことは、親友を殺した犯人を見つけ出すこと。ただ、それだけだ。

黒衣の少女の姿が頭に浮かぶ。彼女は……今どうしているのか。それを一瞬考えて、すぐにその思考を追い出した。

知っていけば、きっとわかる。何故だかそんな予感がした。

「京子。お願いだ。危険がないようにするよ。だから……！」

僕の頼みに京子は泣きそうな顔で沈黙して、静かに項垂れてしまう。

結局、彼女の了承を得られたのは、それから一時間後のことだった。

※

インターフォンを鳴らすと、眼鏡をかけた血色の悪い男が顔を出した。

大きく、ギョロギョロとした目。異様に長い手足に、そこそこガッシリとした胴体。

僕は無意識のうちにテレビで見た、テナガザルを連想した。

「きみが山城が言っていた遠坂《とおさか》くんだね。いらっしゃい」

柔和《にゅうわ》な微笑みを浮かべながら握手を求めてくる男に僕は会釈し、長さに違《たが》わず随分と大きな手を握る。体温を感じない、冷たい手だった。

「散らかっていて悪いけど、上がってくれたまえ。ボクの芸術に興味があるんだろう？」

「ええ、是非話を聞きたくて」

手を離し、部屋へ入るよう促す男に、僕は頷く。すると男はますます笑顔になった。

「そうかそうか。嬉しいね。つい最近もそう言って来てくれた男がいたんだ。名前は何て言ったかな……？　結構ガタイのいい男だったんだけど、いやぁ、いい筋肉してたなぁ……」

一瞬、ピクリと身体が反応しかけるが、僕はそれを無理矢理抑え込んだ。

気取《けど》られるな……。心の中で何度も反復するように唱えながら、僕は靴を脱ぐと、男の部屋へ上がり込む。

そこには、異様な光景が広がっていた。

壁一面に飾られた絵の数々。

至るところに安置された摩訶不思議で不気味なオブジェ。

普通な物は部屋の窓側にあるシンプルな木製のダイニングテーブルと、同じくシンプルな造りの二対の椅子のみ。

飾られた品々は、どれもおぞましい死体を描き、形どったものばかりだった。

バラバラ死体、腐乱死体、水死体、焼死体、刺殺死体……。

更には死体とは呼びがたい、グロテスクなもの。死体を描くのではなく、死体を使って何かを描き、造った芸術品。

思わず吐き気を催すような死の世界がそこには凝縮され、広がっていた。

「ようこそ。藤堂修一郎のアトリエへ」

その男、藤堂は、造られた死の中心で両手を広げ、本当に楽しそうに笑っていた。

※

——遡《さかのぼ》ること数時間。

京子の案内で大学の美術棟に入ると、案内者である京子は驚愕の表情で立ち尽くしていた。

「……そんな⁉　どうして？」

震えながら、京子は口元を手で覆う。壁や部屋の至るところに学生の作品と思われる物が展示されている部屋。その中で京子の視線は、何もない壁のスペースを凝視していた。

「ど、どうしたの？」

僕が思わず顔色を窺うように京子を見ると、京子はゆっくり首を左右に振り、尚も壁の一点を見つめながら、ゆっくりと口を開いた。

「ない……の」

「え？」

「藤堂君の作品が……一つもないの」

信じられないというような表情で京子は部屋を見渡す。

僕も京子に倣って部屋中を一望するが、彼女が言っていたグロテスクな作品はどこにもなかった。

「個人の都合とかで作品を撤去する人はいるけど、このタイミングで片づけるなんて……」

京子が首を傾げながら難しそうな顔になる。

これはますますおかしい。純也が見て、制作者への興味を惹かれた絵が、純也が殺された後に撤去されるなんて、怪しいことこの上ないではないか。

「ちなみに、どんな絵だったの？」

「う……あまり思い出したくないけど、ショベルカーにペッチャンコにされた死体の絵に、女子高生が開きになった絵、四肢が切り落とされて達磨みたいになった死体の絵、それから死体で魔法陣かな？　それを表現した絵に、ただの血溜まりの中に肉片が……浮かんでるって絵もあったよ」

気味が悪そうに語る京子。対する僕はというと、心臓の拍動が物凄いことになっていた。

おい、ちょっと待て。それって……。

「京子……純也が興味を惹かれていたのはどんな絵だった？」

「え？　う〜んと……そう！　磔よ。磔にされた男の人の絵を見てたの。右横腹が抉り取られている絵よ」

「……ッ！」

成る程、純也が驚くわけだ。その絵はまさに、僕と純也が見た事件現場そのもので。しかも、驚くべき点はそこだけではない。

「京子、やっぱりその藤堂修一郎の連絡先を教えてくれないかい？」

「……どうしても聞くの？　今部屋に引き籠もってるらしいから、会えるかどうかも……」

「会える。間違いないよ。こう言えば間違いなく彼は食いついてくるはずだ」

キョトンと首を傾げる京子に僕は一呼吸おいてからゆっくり言葉を紡ぐ。

「あなたの芸術に興味があります。特に美術棟に最近まで展示されていた作品について話が聞きたい……ってね」

そう言う僕に訝しげな表情を浮かべながら、京子は携帯電話を操作し、僕の連絡先を載せた上で藤堂にメールを送る。

待つこと数分。返信はとてつもなく早かった。

僕の携帯電話が鳴動し、メールが来たことを告げる。受信箱を確認すると、そこには見覚えのないアドレスからのメールがあった。

内容は恐らくその人物のものと思われる住所と、お待ちしています。という言葉のみ。

藤堂からの返信があったことに京子が目を丸くする中、僕は密かに確信していた。

この藤堂修一郎という男は間違いなく黒だ。

少なくとも、猟奇殺人事件に関わりがあることは間違いない。

先日会った、大輔叔父さんの顔が浮かぶ。警察と、その警察から事情を聞いた僕にしか知り得ない情報……ニュースでは報道されていない、被害者の殺害現場の惨状全てを偶然にも絵に描くだなんて、話が出来すぎている。

そもそも、いくら自分の作品に興味があると言う人間とはいえ、見ず知らずの他人をそう易々と部屋に招けるものだろうか？

「それでね、京子。ちょっとお願いがあるんだ」

会わなくてもわかる。この男は危険だ。何も考えずに部屋に上がり込むのはできればやりたくない。ならば何らかの保険はかけておく必要がある。

キョトンと首を傾げる京子に、僕はその保険について説明を始めた……。

※

――そして現在《いま》。万全を期して敵陣に乗り込んだ僕は、その藤堂修一郎の部屋で、延々と続く芸術の話に辟易していた。

「まぁ、そういうわけでね。生と死はコインの裏表の関係、二本の平行線、相剋《そうこく》する螺旋《らせん》……どれにもあてはまるわけで……」

待て、その話もう三回目だ。

僕のうんざりした顔に気がつかぬまま、ダイニングテーブルを挟んで向こう側に座っている藤堂は、うっとりした顔で己の芸術観を話し続ける。

これがかれこれ一時間と少し。僕が質問やら聞きたいことがあると言っても、まぁ、少し説明させてくれたまえの一言で封殺し、ひたすら口を動かしている。後は時々、僕に思い出したかのように紅茶を勧めてくるのみ。最初こそ警戒して一口も口にしなかった僕だが、同じティーポットから淹れられたばかりか、目の前で藤堂が美味しそうにそれを飲み、あまつさえ僕にもぜひ飲んで欲しいと言ってくるものだから、つい飲んでしまった。

　コーヒーも好きだが紅茶もそこそこ好きだったりするのだ。

　話が通じなくてイライラするのもあるが、なまじこの紅茶が無駄に美味しく淹れてあり、飲む度に感心してしまう自分が妙に腹がたつ。

　いかんな。ペースが乱されている。何としても取り返さなくては……。

　僕は残りの紅茶を飲み干し、改めて藤堂に向き直る。

「そろそろ聞きたいことがあるだけど……今度こそいい？」

「ん？　ああ、いいとも。ボクに何を聞きたいんだい？」

　僕の毅然とした態度に気がついたのか、藤堂は僕のティーカップにミルクと砂糖を入れ、三杯目の紅茶を注ぎ込むと、今度こそ聞く態勢に入る。

　今度はミルクティー風味だよ。と笑う藤堂からカップを受け取り、一口味わってから僕はゆっくりと話し始めた。

「美術棟に飾っていた絵。あれらは今どこに？」

「ああ、アレかい？　納得いかない出来だったから廃棄したよ」

　何でもないことのように言う藤堂の顔を、僕はじっと見つめる。

……遠回しに聞くのはあまりよくなさそうだ。

僕は覚悟を決め、ゆっくり息を吸い込む。

「連続猟奇殺人事件」

「？」

僕がその言葉を口にすると、藤堂の眉がピクリと動いた。

「あそこに飾られていた絵が、その事件の被害者たちの状況と酷似していた。これはどういうことなのか……説明してもらってもいいかな？」

「……酷似してるって。キミ、実際にボクの絵を見たのかい？　さっきから見てると、どうにもキミはボクの芸術に理解を示してそうもないんだけど？」

「そうだね。実際に僕は絵を見たわけじゃない。この際ハッキリ言わせて頂くと、君の芸術に興味があるというのはあくまで口実だ。ここに来た真の目的は、君と猟奇殺人事件の関係性を確かめるため。それと、ここに来たのを最後に翌日遺体で発見された男、阿久津純也のことを聞くためだ」

「……絵を見てもいないのに、ボクがその猟奇殺人事件の関係者だと？　なかなか面白いことを言うね」

僕が自分の芸術に興味を示さなかったことがわかるなり、藤堂は目に見えて失望したかのように面倒くさそうな態度をとり始めた。

「確かに見てはいない。けど人伝《ひとづて》に聞いた君の絵の概要は、まさしく猟奇殺人事件の被害者たちの状況と同一だった。」

「へぇ……」

僕の主張に藤堂は気の抜けたような返事をする。

「加えて、第五の事件。僕は発見者だったんだ。絵の概要を聞く限り、気味が悪いほどに見たものと一致するんだけど……これはどう説明する？」

「アレは血溜まりに遺《のこ》された、人だったモノへの切なさを演出して描いただけだよ。君が見た事件とは無関係だよ」

「第三の事件はどう説明する？　これの状況は人伝に聞いたんだけど……」

「四肢を失い、無力となったまま息絶える様を表現したのさ。その瞬間は限りなく生への願望が強いだろう。死んでいるのに生き生きとした人間を描くことがテーマさ」

「……第四の事件」

「ダヴィンチの絵に影響を受けてあんな感じにして見たんだ。人体を使った魔法陣。オカルトなテイストがあるだろう？」

生き生きと、自分の作品を自慢するかのように語る藤堂。それを見た僕はため息をつきながらも、確かな達成感にうち震えていた。

第五の事件を目撃したというのは勿論嘘。僕が本来生で遭遇したのは第六の事件である。出方を窺うために京子や大輔おじさんの話をくっつけたものを話しただけ。だが、藤堂の食いつきは思いのほかよい。自分の作品を語るのが何よりも好きだということが伝わってくる。その芸術家肌の間抜けな一面は、この場限りでは非常にありがたかった。

確信は持てた。

「では……君は事件とは無関係だと？」

「そうだとも」

「うん、でもやっぱりおかしいよ。さっきの質問を覚えているかい？　僕は〝あの血溜まりの絵は何？〟とは聞いていない。僕は、〝第五の事件の発見者で、絵がその現場と酷似していた〟と言ったんだ」

「……っ！」

藤堂の目が大きく見開かれるが、僕は構わず追及する。

「他も同様さ。第三の事件、第四の事件……そう聞いただけなのに、どうして君はこうも正確に僕が聞きたい絵を言い当てられる？」

「……ボクが書いた絵の順番と、同じだからだ。ボクは作品を番号で識別するからね。勘違いしただけだよ」

「尚更おかしいよ。事件現場と酷似した絵というだけではなく、書かれた順番まで同じだなんて。もうこれは偶然では片づけられない。苦しい言い訳だ」

「…………」

沈黙する藤堂。僕はミルクティーをまた一口飲み、渇いた喉を潤す。

「純也をどうした？」

「……なんのことだい？」

「惚けるな。君が言ったことだぞ？　最近ここを訪れた男だ。僕と同様、第六の事件の目撃者でもある」

「…………」

再び沈黙する藤堂。また一口、ミルクティーを飲む。緊張で神経がはりつめているのか、やけに喉が渇く。

無理もない。何せ目の前にいるのは殺人鬼かもしれない男なのだ。

「純也は僕と違い、君の絵をしっかり見て、ここに来たはずだ。近くにいた人は君の絵を見るなり、血相を変えていたとも言っていた。当然だよね。自分が見た殺人現場とほとんど同じ状況の絵があったんだ。驚きもする」

「…………」

沈黙。未だに認める気はないらしい。

いいさ。ならもう言えるだけのことは言ってやる。

「でもね。これだけ聞くとおかしいんだ。純也は第六の事件はともかく、他の事件の状況は一切知らない。にもかかわらず君のところに来た。磔にされた男の絵なんて、探せばもしかしたらあるかもしれない。事件に遭遇した直後とはいえ、動機としては少しばかり弱い……」

右の脇腹だってキリストがロンギヌスの槍で貫かれたという話がある。モチーフにする画家がいてもおかしくない。

僕は残りのミルクティーを飲み干し、尚も続ける。

「僕の推測だとね。その絵には他にも〝決定的な何か〟があったんだと思うんだ。純也が是が非でも君に接触しようとした何かが」

「………」

藤堂は相も変わらずだんまりを決め込んでいる。しばらくの間、部屋に重苦しい空気が流れ続け、ピリピリとした緊張感が僕の肌を苛む。

やがて、先に沈黙を破ったのは藤堂の方だった。

「言葉は……重みだ。ボクはそう思う」

ゆっくりと紅茶を啜りながら、藤堂は語り始めた。

「言葉を選ばないと、人を、あるいは発した自分自身さえ怒らせ、悲しませ、傷つける。それだけならまだいい。時に言葉は、思いもよらない怪物を呼び込む」

「怪……物？」

つい最近まで慣れ親しんでいた単語に、僕は思わず動揺する。

この男……何が言いたいんだ？

困惑する僕を見て、藤堂は含み笑いを浮かべながら立ち上がると、部屋の隅から何かを持ってくる。

白い布で覆われたそれは、どうやら額縁のようだ。

「ボクは絵を書くのが天才的に速いらしくてね。センスはともかく、そこは長年、いろいろな先生に誉められたものだよ」

「……それが今、何の関係がある」

「まぁまぁ、見たまえよ。この絵はつい最近描き上げたものだ。ボクは表現者だからね。君が知りたい真実も絵で表現するのさ」

そう言いながら、藤堂はゆっくりと額縁から布を取り払っていく。

真っ白なヴェールが脱がされ、額縁に納められた絵が明らかになっていく。

「……う……あ……」

カラカラに渇いた僕の喉から、掠《かす》れた声が漏れる。藤堂は満足気な表情を見せながら、ここ一番の歪《いびつ》な笑顔を浮かべた。

「そう、これがキミの求めていた真実。キミの言葉が引きずり出した、怪物だ」

まるで嘲るような藤堂の笑い声も、今の僕の耳には入って来なかった。

予想はしていた。

覚悟もしていた。

けど、こんな形で対面することになろうとは思わなかった。

その絵には、全身の皮という皮が、その下の真皮すら剥がされ、変わり果てた姿となった男がリアルに描かれていた。

手足や首がワイヤーか何かで縛られ、天井から吊るされるその姿は、マリオネットを思わせた。

唯一皮剝ぎを免れた顔も、苦痛と恐怖の表情で固定されてしまっている。

そして、残酷にもその顔は、どうしようもないほどに見覚えがあった。

哀れな操り人形として醜態を晒されていたのは、紛れもなく僕の親友である阿久津純也だった。

「好奇心は猫をも殺す。キミも彼も変なことに気がつかなければ、ボクという怪物に出会わなかったのにね……」

残念だよと肩を竦める藤堂を、僕は睨みつける。

「やっぱり、お前が……！」

「いかにも。一連の猟奇殺人は、〝黒衣の女神〟と共にボクが引き起こしたものだ。

「そして……」

不気味な笑みを浮かべながら藤堂は僕を指差す。

「次の犠牲者《さくひん》は、キミだよ。遠坂くん」

藤堂がそう宣言した瞬間、僕の視界が唐突に明るくなった。

「ん……むぇ？」

僕が異変に気づいた時はもう遅かった。四肢が突然痙攣しはじめ、まるで鉛《なまり》入りの袋を背負わされたかのような重さが僕に襲いかかってきた。

この感覚は知っている。あの怪物に支配された時に似た、自分の身体が自分のものではないような。

「なに……を……した？」

息も絶え絶えに問いかける僕を藤堂は楽しげに微笑みながら覗き込んでくる。

「三杯目の紅茶に少し細工をね。即効性のはずなのにやけに回りが遅いから焦ったよ。麻薬か何かでも常用してるのかい？」

まぁ、どうでもいいけど。と言いながら、藤堂はどこからか真っ白なキャンバスを取り出した。

「さぁ、楽しい楽しい芸術の時間だよ」

そう言って笑う猟奇殺人鬼の目は、どこまでも純粋で、まるで玩具を与えられた子どもを思わせた。

第七章　黒衣の女神

猛烈な目眩と吐き気が僕を襲っていた。手足は痺れて動かせず、僕は机に突っ伏したまま、目の前の男を力の限り睨みつける。

巷《ちまた》を騒がせる連続猟奇殺人事件の犯人は、僕の視線など意に介さず、自分の作品を収めた額縁を愛しげに撫でていた。

額縁の絵は狂人の哀れな玩具と成り果てた純也の姿。その恐怖に歪む表情を見るたびに、僕の中で激情がメラメラと煮えたぎる。

これだったのだ。純也が美術棟で見た、第六の殺人事件を描いた絵も、恐らくは被害者——、あの隣人さんの姿がそのまま使われていたに違いない。

余りにも大胆不敵な所業だが、考えてみればテレビや新聞のニュースでは、事件現場の凄惨な光景を事細かく報道したわけではない。

京子は勿論のこと、他の美術専修の学生や教員が気づくはずもないのである。あくまで事件現場を見た純也や、詳細な情報を持っていた僕だから気づけたことなのだ。

「純也くんはね。実に素晴らしい体格をしていた。プロのアスリート並に無理がなく鍛えられた身体。彼はおおよそ、男として完璧な程の肉体美を備えていたよ」

異様に白い藤堂の指が、絵の中で皮を剥がされ、筋肉が剥き出しになった純也に触れる。

「その時ボクは思ったんだ。ああ、これはもう、皮を剥ぐしかない。ってね。だからボクは彼を捕らえ、猿轡《さるぐつわ》を噛ませて完全に拘束した」

「お……ぐぅ……」

お前なんかに純也があっさり捕まるわけはない。さも自分で真っ向から純也を打ち負かしたかのように語るな。

そう言いたくても痺れはとうとう舌にまで回り始めたようで、言語として意味を持たぬ声が僕の口から漏れた。

それを見た藤堂はますます歪んだ笑顔を浮かべる。

「ああ、そうだね。普通に正面からなら、ボクに彼を捩《ね》じ伏せる力はない。あくまで、正面からなら……ね」

僕の考えを見透かしたように言いながら、藤堂はポケットから小さな何かを取り出した。

手に握られているのは、コーヒーや紅茶に入れる、コーヒーフレッシュ。喫茶店に置いてあるようなありふれたものだった。

「こういうのは開けやすいように元々細工が施されていてね。故に、一度開けて再び蓋を閉じるのも、結構簡単なんだよ。中に入っているのは普通のコーヒーや紅茶用のミルクと、即効性の痺れ薬さ」

油断していたつもりはなかった。ただ、悟ることができなかった。同じティーポットの紅茶を飲んでいるうちに、僕は知らず知らずのうちにこの男への警戒をほんの少しだけ緩めてしまったのだ。目の前で堂々と僕の紅茶に薬を盛られていたのに、僕はそれをあっさり飲み下してしまった。バカというよりほかにない。

「彼はね。ボクに自首するよう促したんだ。まぁ、僕はそんなことする気はさらさらなかったからね。わざと反省したフリをして、純也くんの心に隙が出来た瞬間に、君と同じように薬を盛ったのさ」

心底愉快そうに語る藤堂は、純也の絵をそのままに、その隣へスタンドのようなものを設置し、新しく持ってきたキャンバスを立て掛ける。

「ボクは芸術の道へ進む前は、医者を目指していてね。実際医療系の大学へも通っていたんだ。人体の構造は熟知していた。その知識と技術があったからこそ、ボクはこの芸術を生み出すことができる」

誇らしげに自分の腕を撫でた後、藤堂は懐から銀色に光る何かを取り出した。医療用のメスだった。

「純也くんはよかったよ。皮を剥ぐ度にあらわになる筋肉……苦悶の表情……ああ、血が飛び散るあの感覚は素晴らしいの一言だったよ。創作活動中に何度射精しそうになったことか」

恍惚《こうこつ》の表情で天井を仰ぐ藤堂。

狂ってる……。何の嫌悪感も抱かず、純粋かつ楽しげに殺人を語る姿は、同じ人間とは思えなかった。

「生まれた頃から不思議でならなかった。何で生き物は動くんだ？　魂はどこにある？　死ぬ瞬間は何が見える？　そう考えた時、ボクは初めて生き物を殺したんだ」

懐かしむように藤堂はメスの柄をなぞりながら、ゆっくりと僕の方へ近づいてきた。

「虫に蛙。蛇や鯉《こい》。ネズミや鳥も罠にかけて解体してみた。それぞれ違いがあって、面白かったよ」

藤堂は語りながら僕の襟首を掴む。

次の瞬間、視界が反転したかと思うと、僕の身体が勢いよく床へ叩きつけられた。

肺の空気が一気に押し出されるような感覚と同時に背中に激痛が走り、僕は冷たいフローリングの上に仰向けで転がされる。妙な薬のせいなのか、痛みの感覚が鋭敏になっているようだ。

「家の犬や猫を解体した頃だったかな。ようやく息子がおかしいと気づいたバカな両親は、ボクをしつけという名の暴力と、虐待に等しい量の勉強で支配しようとした」

検分するかのように、藤堂の手が、僕の腕を、胸を、腹を、首を触れていく。

医者の触診などとはわけが違う、正真正銘の殺人者の手は、僕をいかに解体し、切り裂き、作品として映えさせるかを吟味しているようだった。

緊張からくるものなのか、薬の作用なのか、僕の全身から汗が噴き出した。

「けど、両親の策は皮肉にもボクに知恵をつけさせることになってしまった。残虐さはそのままにね。ボクはいつしか、合法的に人に刃を突き立てられる医者を目指すことにしたんだよ」

凄まじい動機だ。こんな人間が医療系の大学で学んでいただなんて考えるだけでも恐ろしい。

すると、またも僕の考えを読み取ったのか、藤堂は楽しげな笑みを浮かべる。

「恐ろしいだろう？　今は表現することの魅力に取りつかれているけど、少し間違えればこんな人間が医者をやっていたかもしれないんだ。僕はいわば生まれながらの怪物だった。この世においてわかりやすい形で人の死を描く芸術家であること。それがボクの使命さ」

語ることは語ったという顔で藤堂はうんと頷く。

成る程。コイツの主張は取り敢えず聞いた。

〝わかった〟ではなく、〝聞いた〟だ。

何故なら僕は、今コイツが語った境遇や話には何一つ共感するものはなかったし、理解しようとも思えなかったからだ。

ただ、こんな僕でもコイツが一つだけ勘違いしているのはわかる。お前は少なくとも、芸術家なんてものじゃない。ましてや……。

「お前が怪物？　笑わせるな」

僕のその一言に、今まで余裕綽々《しゃくしゃく》だった藤堂の顔が凍りつく。

呆然とする藤堂を横目に僕は汗ばむ身体に力を込める。動く……。身体はまだ少しフラフラするが、痺れてまったく動けないわけではない。

「そ、そんなバカな……！　薬はまだ切れないはずだ！　何故動けるんだ！」

目に見えて藤堂は動揺する。

そんなバカなと言われても、動けるんだから仕方がない。薬が薄かったのかはわからないが、少なくともこんなものは拘束したうちには入らない。

本当にがんじ搦めな束縛、抗えない存在に支配されていた僕から言わせれば、随分と手ぬるい薬だ。

「しゃ、喋れるはずもないんだ！　なんで……どうして⁉」

「知らないよ。薬の分量でも間違えたんじゃないかい？」

「そんなバカみたいなミスをするかっ！」

僕の言葉に藤堂は尚も自分の非を認めず、わめき散らす。

成る程。この男、自分の想定外のことには弱いと見た。ますます笑わせる。よくそれで〝怪物〟だなんて名乗れたものだ。

「君はあれこれ理由を並べていたけどね。正直に言わせていただくと、どれも自分を正当化させただけにしか聞こえないんだよ」

ご託《たく》を述べられたところで、僕がこの男を理解するのは、多分不可能だ。だから僕は簡潔な言葉だけを残す。

「芸術家？　怪物？　違うよ。君はそんな大層なものじゃない。君はただ、自分の世界に酔っているだけの人殺しだ」

僕の言葉に、藤堂はたちまち顔をひきつらせる。目には、明確な怒りが滲んでいた。

「……言ってくれるね。君は自分の立場を理解しているのかな？　薬の効果が早く切れたとはいえ、まだ身体はフラフラで……っ⁉」

メスを構え、勝ち誇ったように笑う藤堂は、突然部屋に鳴り響いたインターフォンで表情を更に強張らせる。

「く……誰だ？　こんな時に」

「さて？　誰だろうね。こんな時に」

手はず通りだと内心でほくそ笑みながら、僕はジャケットの内ポケットに手を忍ばせ、〝通話状態〟にしていた携帯電話の電源を切る。

外にいた京子はうまくやってくれたらしい。藤堂自身も気づかなかったことだろう。僕が猟奇殺人事件についての会話を始めた時から、密かに京子に電話をかけていたことを。

僕だけに話しているつもりが、電話越しに第三者に聞かれているなどと露《つゆ》知らず、ご丁寧にペラペラと事情や真相まで語ってくれたのだ。

後は、決定的な言葉が聞けたらすぐさま京子が警察に連絡する。これでチェックメイトだ。

後は……。

僕は思いっきり息を吸い込み、ありったけの大声を出す。今現在、外にいる警察は半信半疑な面持ちでドアの前に佇んでいるのだろう。

だから決定的な言葉が必要だ。

「あああ!!　誰かぁああ!!　助けてぇ！　殺されるぅ!!」

情けない？　知るか。こんなフラフラな身体じゃ、このヒョロイ殺人鬼から逃れるのも骨が折れることだろう。こういうイカれた奴の相手は本職の刑事さんに任せるに限る。

一方、ようやく僕にハメられたことに気づいたらしい藤堂は、静かにメスを取り落とすと、その場に膝から崩れ落ちた。

「そうか、そういうことか……」

呆然としたまま、歪な笑みを浮かべる藤堂は、どこか諦めたかのように虚空を眺め、それっきりその場を動かなくなってしまった。

数分後、突入してきた警察官により、連続猟奇殺人事件の犯人、藤堂修一郎は連行されることになる。

世間を震撼《しんかん》させた事件は、あまりにもあっさりと、その幕を下ろしてしまった。

ただ……。

「女神よ……黒衣の女神よ。何故だ。ボクは供物《くもつ》を捧げ続けたというのに。何故ボクのもとへ来てくれない……」

藤堂が屈強な警官二人に連れていかれる直前。彼がまるでうわ言のように呟いたその一言が、僕の耳にこびりついて離れなかった。

※

「もう、一時はどうなるかと思ったんだからね！」

怒ってます、というように腰に手を当て、京子はむくれた顔になる。

殺人鬼、藤堂修一郎が逮捕されてからはや三日。僕は京子からの誘いで彼女の部屋を訪れていた。

藤堂が逮捕された日。事情聴取の果てに大輔叔父さんからの痛烈なラリアットを受け――本人曰く、何故自分に一言相談しなかったのか！　とのこと――僕はフラフラのまま帰宅。そこから崩れ落ちるようにベッドに潜り込み、死んだように眠りについた。

その翌朝。珍しく寝坊して朝の九時に起床したら、京子からのメールと不在着信が物凄いことになっていた。

考えてみれば事情聴取から顔を合わせることなく帰宅したので、心配させてしまうのも無理はない。

妙な薬まで盛られたのだから尚更だ。

何だかんだ検査などがあり、それらを全て終えて、ようやく今日会うことができたというわけだ。

彼女の目元にくっきりと浮かぶ隈《くま》を見れば、どれだけ心配をかけてしまったのかがわかるようで、胸が痛くなる。

「身体は……平気なの？」

「うん、病院で検査してもらったんだけど、健康体そのものだってさ」

腕を回しながら答えると、京子はホッとしたようにため息をつく。

「よかった……本当に……」

再び涙ぐみそうになった京子の頭を撫でて落ち着かせる。

ようやく得た安らぎである。湿っぽくするのは忍びない。

殺人犯は捕まった。これで純也も少しは浮かばれるだろうか？

『女神よ……黒衣の女神よ。何故だ。ボクは供物を捧げ続けたというのに。何故ボクのもとへ来てくれない……』

藤堂が最後に残したあの言葉。あれだけが僕は気掛かりだった。

黒衣の女神、供物……。僕が真っ先に思い浮かべたのは、つい二日前、僕を捕らえ、部屋に居座っていた怪物の姿だ。

アイツはもしかすると、藤堂修一郎とも接点があったのかもしれない。

供物は……推測するまでもない。僕の脳裏に、いつかのビデオカメラの映像がフラッシュバックするかのように浮かんでくる。何かを咀嚼し、赤く染まった怪物の口。

怪物の白い肌が、その赤をいっそう際立たせて……。

「レイ君？　レイ君ってば！」

覗き込むようにこちらを見つめてくる京子。その表情はどことなく心配そうだ。

「あ、ごめん、何？」

「もう……そろそろお昼御飯作るけど、何かリクエストとかある？」

「京子……作れるの？」

その途端、京子の顔が能面のように無表情になった。

「ねぇ、あたし怒っていいかな？　怒っていいよね？」

「ごめんごめん！　なんでも、いいよ」

慌て僕が取り繕うと、京子は「なんでもいいが一番困るんだってば～」とぼやきつつも笑顔で台所に立つ。おお、エプロン似合うなぁ……なんて感想を僕が抱いていると、京子はこちらを悪戯っぽく振り向く。

「……裸エプロンの方がよかった？」

「ま、またの機会で」

僕は何とか返事を絞り出す。ヘタレと笑うなら笑え。僕にだって心の準備というか、覚悟的なものがあるのだ。

※

「ごちそうさまでした」

「お粗末様でした」

手を合わせる僕に京子が微笑みながら答える。

昼食は煮込みハンバーグだった。事件に遭遇してからというもの、肉類は何となく避けていたのだが、せっかく作ってくれた京子にそんなこと言うのはアレなので食べた。まぁ、当然だ。

ちなみに味は……ノーコメントだ。どうしてハンバーグなのに味がないんだろう？ 逆に怖い。

「凄い！ 嬉しいな。全部食べてくれるなんて」

でもまぁ、そんなことは些末《さまつ》なことだ。彼女の嬉しそうな表情が見れたのだ。味がないから何だというのか。

僕がそんなことを考えていると、テレビからニュースのアナウンスが流れてくる。

小学校教師による不祥事。

四十年間寄り添い続けた夫婦の心中事件。

食い逃げをした小学生。

そして……。

『昨夜、連続猟奇殺人事件の実行犯として逮捕されました、藤堂修一郎容疑者が、留置場内で死亡しているのが発見されました』

「……な⁉」

「嘘……！」

猟奇殺人事件の結末。そしてその犯人の末路が報道された。

『警察の調べに対して藤堂容疑者は一連の犯行を認めており、持ち出した被害者たちの臓器は遺棄したと供述しておりました。警察では自殺の線で関係者に聞き込みを……』

もうそれ以上は聞こえなかった。追い詰められての自殺か、またしても僕の想像もつかないような行動理念のもとで自らの命を絶ったのかはわからない。

一つだけはっきりしているのは、これで、猟奇殺人事件の謎は永遠にわからなくなってしまったということだ。

「これもアイツは……芸術だっていうのかな？　最期は自分自身が芸術に……理解できないよ」

「人の共感を得られる世界で生きる芸術家もいれば、人の理解の範疇《はんちゅう》を超えた世界で生きる芸術家もいるわ。どっちが正しくてどっちが美しいかはわからないけど、この分だと藤堂君は幸せだったのかもね。自分の世界の中で死ねたんだし」

凄く腹立たしいけど。とつけ加える京子。

京子の言葉を聞きながら、僕はテレビの画面に映る藤堂を見る。

……本当に幸せだったのだろうか？　僕は思わず首を傾げる。

連行される直前に見せたあの表情。あれは正に絶望に叩き落とされたかのような顔だった。

悔いもなく自分の世界で死ぬような奴が、あんな顔をするだろうか？

ニュースが切り替わり、またどうでもいいくだらないニュースが流れ始める。藤堂修一郎の話題は、いとも簡単に次のニュースに押し潰された。

「純也君のお葬式……京子はどうする？」

今となっては藤堂の真意などわかるべくもない。いや、わかりたくもない。〝黒衣の女神〟は気になるが、恐らくはもう関わることもないだろう。怪物だって僕の前から姿を消したのだ。

「レイ君は行くんでしょう？」

「うん、そのつもり」

だから今は、この安らぎと痛みに浸っていよう。殺人犯が逮捕され、ようやく純也の遺骨が親元に返されたらしい。

週末には葬儀があげられるとのことだ。

友に別れを告げ、僕は今度こそ日常に帰る。怪物も、殺人もない平穏な日常へと、まるで沈んでいくかのように。

失ったものはたった一つ。でもそれは余りにも大きくて、すぐには立ち直れないだろう。

でも、僕はまだ生きている。隣にいてくれる人がいる。だから後ろ向きかもしれないが、精一杯生きよう。それが純也にできるもう一つの弔いだ。

「レイ君？」

京子が不安げな声を出した。

僕の肩が震え、胸に張り裂けそうな痛みが走っている。

ああ、今なら。ようやく純也の死に涙できそうだ。

溢れ出す感情の波が決壊する寸前――。京子の手がそっと僕の頭を撫でる。その手はとても温かくて、無償の安心感を僕に与えてくれた。

「レイ君……」

安らぎと痛みの中で、京子の言葉が静かに僕の耳に届いた。

「あたしは、純也君のお葬式には行かないよ」

僕は思わず顔を上げる。京子は慈愛に満ちた表情で僕を見つめていた。

どうしてだろう？　京子は純也とも少しは交流があったと思っていたが……。

「だってさ。純也君、きっと嫌がるもん」

「嫌がるって……まだ藤堂のことを気にしてるの？　アレは君のせいじゃ……」

「それもないわけじゃないけど、違うの。根本的な問題よ」

そう言って京子は僕の頭を撫でていた手を下ろし、僕の頬に触れ、今まで見たこともないような笑みを浮かべた。

「だって嫌だと思うよ？　〝自分の内臓を引きずり出した女〟が、葬式に来るなんてさ」

「…………え？」

彼女が何を言っているのか、理解が追いつかなかった。

今、彼女は何と言った？

内臓？　引きずり出した？

頭の中で、不気味なパズルが組み上がっていくような錯覚に陥る。

それって……。

京子が……純也を殺した？

ふと、胸元に固い何かが押しあてられているような感触を覚えた。

視線を下に向けると、黒い髭《ひげ》そりのような物体が見え、僕は短く息を飲む。

「それにこれから、忙しくなるもん。純也君のお葬式になんて出てられないよ。あたしも〝レイ君も〟ね」

爪で引っ掻くようなスイッチを入れる音がした。

その瞬間、僕の身体を衝撃が駆け抜ける。

怪物が僕の肉体所有権を剥奪する時とは違う、純粋な暴力としての痺れが、僕の身体を蹂躙した。

完全に麻痺して、思うように動かない身体。何とか京子を見上げると、僕と目があった京子は、興奮したように舌なめずりした。

優しく、愛らしかった彼女の面影はどこにもない。

そこにあったのは獲物を追い詰め、弄び、貪り食う肉食獣の顔。

藤堂修一郎の狂気染みた表情にも似た、紛れもない殺人者の笑顔だった。

感情が、黒一色に塗り潰される。

これを僕は知っている。兄さんや純也が死んだ時と同じ。――絶望だ。

「さぁ、レイ君。楽しい楽しい、芸術の時間だよぉ？」

かくして束の間の安らぎは終焉《しゅうえん》を迎え、痛みだけが未だに続いていく。
僕に残されていたと思われた、たった一つの希望も、ただのまやかしで。
それに気づいた時、僕の意識は刈り取られた。
頭部を何かで殴りつけられた記憶を最後に、一片の容赦もなく。

第八章　血の芸術家

　唐突に意識を奪われてから、いったいどれくらいの時間が流れたのだろうか。

　何かに湿った物を擦りつけるような音と、鼻を突くような異臭に顔をしかめながら、僕はゆっくりと目を開けた。

　身体中が鉛のように重い上に、頭と胸を焼きつくような痛みが走っていた。

　そうだ、スタンガンからの鈍器による殴打で昏倒《こんとう》させられて、それから僕は……どうなってしまったのだろうか？

「あっ、目が覚めた？　よかった～……このまま起きなかったらどうしようかと思ったよ」

　少しぼやける視界の中で、ソプラノの声が響く。忘れもしない愛しい声。それが今は酷く不吉に聞こえてしまう。

　思わず立ち上がろうとして、僕はそこで初めて手足がまったく動かないことに気がついた。

「……そんな」

目眩を覚えそうな状況だった。

椅子に座らされたまま、手は後ろ手に拘束。足はロープでぐるぐる巻き。わかりやすい拉致監禁の構図と化している。

ざらざらした縄の感触が何だか物悲しい。こんなことを誰がやったのかだなんて確かめるまでもない。

ここには僕と彼女の二人しかいない。つまりはそういうことだ。

「……夢じゃ、なかったんだね」

「うん、これは現実だよ」

僕の呟きに目の前の人物は笑顔で答える。

唇を噛み締める。こんな現実を認めたくなかった。なのに眼前で絵筆を振るうその人物は、悲しくなるくらい見覚えがある。

山城京子。僕の恋人であるその人は、壁一面を覆うかのような大きなキャンバスの前に立っていた。

「ここは……？」

「あたしの部屋。実はここ、２ＬＤＫなんだ。一部屋は寝室、で、もう一部屋がここよ。素敵でしょ？　ちょっと見渡してみてよ。その状態でも首くらいは回せるよね？」

容赦ないなぁ……と、ぼやきながら、僕は何とか首を動かす。

カーテンで完全に締め切られた部屋。

僕から見た左右の壁には完成した作品が飾られている。どれもが素人目でも素晴らしいと思える作品ばかりで、彼女の絵への熱意が窺える。

そして正面。キャンバスの手前には大きめの机があり、その上には画材などが並べられている。

ペン立てのようなケースに入れられた多種多様の絵筆に、絵の具らしきものと、赤黒い液体が入ったビーカーが数個。

更には何故か置いてある謎の機械。アレは……かなりの大きさだが、ミキサーだろうか。一体何に使うのだろう？　少なくとも、一般家庭で使うようなサイズには見えなかった。

そして、最後に目についたのは部屋の片隅に何故か置かれた冷蔵庫だ。作業中にお腹が減るのか、それとも他に絵を書く上で何か要り用なのか。芸術やらに疎い僕には用途が想像できない。

一部妙な物も見受けられるが、ごく普通な絵描きの作業場のような部屋だった。

「ん、ありがと。それじゃ、注目をお願いしまーす」

僕が一通り内装を目にしたのを確認すると、京子はゆっくり両腕を広げる。それは嫌になるくらい既視感のある光景だった。

つい先日入り込んだ、死の世界の中心で笑う殺人者の姿が、僕の脳裏に浮かんでくる。同時に、相手が京子だからだろうか。僕はその無垢な笑顔の中に、藤堂以上の狂気と悪意を感じていた。

「ようこそ。山城京子のアトリエへ」

得意気に笑う京子は、いつもの柔らかい表情のまま。なのにその出で立ちはいつもの彼女からはかけ離れた姿だった。

「……君が、『黒衣の女神』だった？」

「うん、修一郎はあたしのことをそう呼んでたね。ただの作業着だって言ってるのに、随分と仰々《ぎょうぎょう》しい名前で呼んでくれたもんだわ」

僕の質問に吐き捨てるように答える京子の姿は、漆黒のワンピース。それに黒いベレー帽。

普段はガーリーな服装を好む彼女が纏うことの少ない、シックな雰囲気が醸《かも》し出される衣装だった。

「藤堂と、グルだった？」

「最初からじゃないけどね。あたしはただ、純粋な興味と、少しの利益のために見学してた方が多かったかな。私が興味あるのは、殺人じゃないもの」

「見……学？」

冷ややかな笑みを浮かべる京子。変わり果てたその笑みに僕の胸に再び痛みが走る。スタンガンの焼けつくような痛みとは別の、どこか張り裂けるような切ない感覚だった。

「まぁ、修一郎はよくやってくれたわ。少し話し相手になっただけで、あたしの言うことは何でも聞いてくれた。多少自分の芸術に傷をつけてでも、私に〝アレ〟を捧げてくれたんだもの」

少しうっとりしたような顔で京子は絵筆を振るい、キャンバスに彩りを与えていく。

「……どうして、純也を？」

「勿論、最初は殺す気なんかなかったよ？　けどね。あたしの作品を完成させるには、どうしても彼が必要だったの」

「作品？」

「うん、これよ。あたしの人生全てを賭けた作品って言っても過言ではないかな」

誇らしげに、自分が今現在描いている絵を見せる京子。

僕はそれをゆっくりと眺めた。

描かれているのは湖。

昇る朝日に照らされて、湖面は単純な青ではなく、様々な色合いが組合わされている。

湖岸に建てられた風車と、それらを囲む森。そして、真ん中に浮かぶ小舟。細部にまで製作者のこだわりが窺えるようだ。

しかし……。

「湖の絵……だよね？」

湖面や湖岸も、森も、空も、太陽でさえ、その世界の色合いは、赤や紫に近い色合いばかり。

どこまでも暗くて陰鬱な雰囲気の絵だった。思わず湖なのかと確認せねばならないほどにだ。

すると京子は静かに首を横に振る。

「厳密には違うわ。この絵のタイトルはね。『人間』なの」

「人……間？」

どの辺が？　といった顔を僕がしているのに気づいたのか、京子はクスクスと笑みを漏らす。

「あたしはね。人の一生を例えるなら、湖と、そこに浮かぶ船こそが最適だと思うの。川や海と違って、湖には大きな流れや海流がないでしょう？　だから船を浮かべれば、どんな方向にも行ける。向こう岸にたどり着くも、あてなくさ迷うのも、湖底へ沈むのも……」

京子の言葉を聞きながら、改めて僕は目の前の巨大な絵に視線を向ける。

「周りの森や空、太陽は生きる上で遭遇する事象や思い出。この絵全体で、一人の人間を表現しているの」

藤堂の時も思ったが、芸術家とはこういったわけのわからないものを作る人間なのだろうか？　僕には一生理解できそうもなかった。

「勿論、これだけだとただの絵よ？　でも私は、革新的な〝材料〟を使うことによって、人間を描く……」

そう言いながら京子は大きな冷蔵庫の扉を開け、中から何かを取り出した。

「……タッパー？」

ステンレス製の銀色の容器を、僕は不審げに見つめる。ズキンと殴りつけられた頭部が痛みに疼く。

なんだろう？　とてつもなく嫌な予感がする。

京子はゴム手袋をはめると、タッパーの蓋を開け、中へ手を入れた。

途端、ズルリと粘性を帯びた嫌な音がして、それが引きずり出された。

「あ、そうそう、修一郎の絵は見たけど、〝本人〟と対面はしてないよね」

そう言って京子は無邪気に嗤《わら》う。

一方僕の顔は、今どうなっていることだろう？　少なくともいい顔でないことは確かだ。

そんな僕の顔を満足気に眺めながら、取り出したしわくちゃのホースのような肉を、京子はうっとりと眺める。

ヌラヌラと光る異臭を放つソレは、彼女の手の中でふるふると形を変えていた。

赤黒い液体を静かに滴らせながら、ゴム手袋をはめた京子が鷲掴みにしているのは……紛れもなく、人間の内臓だった。

「ほら、レイ君、純也君だよ。会えてよかったね」

そこが精神的に限界だった。

「うっ……ぼぇぇぇ……！」

酸っぱい味が込み上げたかと思えば、さっき食べたハンバーグが逆流し、僕の服を、床を汚していく。

「うわー。レイ君汚ーい。もう、困るなぁ……できればレイ君は綺麗でいて欲しいのに……」

呆れたような京子の声が僕の耳に否応なしに入ってくる。

僕が大好きだったその声が。

「ちなみにこれは、純也君の腸の一部だよ。流石に全部は取り出せなかったんだけど……凄かったなぁ……」

やめろ……。

「凄いと言えば、修一郎が純也君の皮を剥いだ時よね。医療系の大学出身っていっても、普通、あんなことできないと思うの。才能ってやつ？」

もう……やめてくれ。

「それに私が顔を見せた時の純也君の表情ときたら……濡れちゃいそうだったよ。悲鳴も素敵だったなぁ……」

嫌だ……聞きたくない。

「ねぇ、レイ君？　聞いてるの？　こっち向いてよ。無視しちゃ嫌だ……なっ！」

右肩に何かが叩きつけられ、凄まじい痛みが走る。

涙目になりながら顔を上げると、京子はこれまで見たことのないような笑顔でこちらを見ていた。

手には部屋の丸椅子が握られている。あれで容赦なく殴られたようだ。

じわじわと沸き上がってくる身体と心の痛みにぼんやりと京子を見上げると、彼女は恍惚とした表情で息を荒げていた。

「こっち見なきゃダメだよ。今から創作活動したいから、レイ君には見ていてもらいたいの。ほら落ち着いて。純也君だよ〜？」

そう言いながら京子は僕の頬へ内臓を擦りつける。冷たく湿った感触と、むせかえるような生々しい臭いにまた吐き気が込み上げてきて、僕は堪らず肩を落とした。

もうあの頃には戻れない。そういった確信と実感が僕の胸を締めつける。

いや、あの日々こそ幻想だったのだ。京子はどうして僕なんかに近づいたのだろうか。

ただの材料としてか、遊びだったのか、そもそも恋人だと僕が一方的に勘違いしていただけなのか。

気がつけば頬を雫が伝っていた。頭の中がぐちゃぐちゃだった。

「この、人殺……し……」

僕は精一杯の憎悪を込めて、京子を睨みつけた。だが、か細い罵声を受けても、京子はぷくぅと頬を膨らませる程度。彼女からしたら、僕もまた、ただの材料にすぎないのだろう。

「それは違うよ、レイ君。人殺しの定義はわからないけどぉ、レイ君だって同罪なんだよ？」

「……は？　何を言って——ひぃっ⁉」

いつかの水族館で見せてくれた可愛らしい顔で、京子は僕を引き寄せ、耳に息を吹きかける。

　言っている意味がわからなくて、ポカンとする暇もなく。おぞましい寒気が這い上り、僕は思わず短い悲鳴を漏らした。

　それにますます気をよくしたのだろう。彼女はケタケタ笑いながら、僕の耳に舌を走らせて。

「ところで、もう一回聞きたいんだけど……。ハンバーグ。本当に美味しかった？」

　濡れた耳から毒が入り込み、僕の脳が侵食される。理解が追いつかなかった。

　まさか。というおぞましい考えが、僕を塗り潰して。彼女ならやりかねないという結論が弾き出される。

「嘘……だよね？」

「んふふ」

「なぁ、嘘だろ？　一体どんな神経で……」

　今日一番に震え上がる僕の目の前で、新たな絶望が口を開けた。

　いつの間にか僕から離れた京子が、部屋に安置されたミキサーを鼻唄混じりに操作している。

「き、京子……、何を……？」

「何って、最初に言ったじゃない。この絵は……。あ、さっきのハンバーグもだけど、

〝特殊な材料〟を使ってるって」

「ざい、りょう……？」

「そ。プロですから。使う部位は厳選するのよ～」

そう言いながら京子はミキサーの上蓋を外し、純也の内臓を中へ詰めていく。

嫌な想像が頭をよぎり、絵と京子。そしてミキサーへと、僕の視線が移動する。

まさか……。

「よ、よせ……やめろ、やめてくれ！　京子！」

「あっ、そっか。お別れ済まさなきゃね。ほらレイ君。純也君にバイバイして。した？　したよね。じゃあ始めるよ」

僕の懇願を無視して、京子は勝手な一人芝居の後に、ミキサーのスイッチに手を添える。京子が何をするかわかっていても僕には止めることができない。たとえそれが、僕の親友を冒涜《ぼうとく》する行為でも。

「やめろぉぉおおお‼」

響き渡る僕の叫び声。その瞬間、目の前で機械が唸りを上げた。トマトを潰したような湿った音と、繊維を引き裂く音が交互に鳴り響き、僕の耳を蹂躙する。

「さよなら、純也君。あたしからあなたに告げる言葉は……特にないわ」

涙に溢れていた視界が更に歪んでいく。京子の言葉がやけに遠くから聞こえるような気がしたのも、多分錯覚ではない。僕の精神が、限界を超えているのだ。

「もう……嫌だ……」

口から、無意識にそんな呟きが漏れる。誰でもいい。何でもいい。僕を……助けてくれ……。

※

それは、空中を飛ぶように跳躍していた。

家の屋根から屋根へと、音もなく翔《かけ》る。

黄昏《たそがれ》に沈みゆく町並みの中、その漆黒の影は、ある一点を目指して矢のように突き進んでいた。

黒衣に身を包んだ少女の姿をかたどるそれは、風に黒い髪を靡かせながら、遠くに見えるある建物を視認する。

その瞬間、その名もなき怪物は、人知れず微笑んだ。

――見つけた。

そう言っているかのような、歓喜に満ちた微笑み。

それはどこまでも美しく、妖艶《ようえん》な香りを漂わせていた。

※

「ねぇ～レイ君？　ちゃんと見てる？」

湿った音を部屋に響かせながら、絵筆を振るう京子が不満げに僕を見る。

茶色に近い、ベットリしたものをキャンパスに走らせ、京子は湖の絵――作品名『人間』――に更なる彩りを与えていく。

「純也君にも話したんだけどね。あたしは物質が構成する全ての要素を描くのを信条としているの。で、この『人間』は、人間の概念や人生観を描きつつ、素材の絵の具にも人間そのものを使ってるってわけ」

歌うように、自慢するように京子は言う。僕の目の前で、純也の内臓だったものが、絵の中の風景になっていく。

「ここは胃。こっちは肝臓。そこは膵臓……さすがにすり潰した液体だけだと色合いが出せないから、そこは絵の具で重ね塗りしたわ。一見すると普通の絵なのに、そこには紛れもなく、人間が〝染み込んでいる〟の。凄いでしょ？　ゾクゾクすると思わない？」

うっとりした表情の京子。それを僕はぼんやりと眺めていた。椅子に拘束されているので、どのみち動くことは叶わないが、僕は既にもがく気力も失せていた。

「……まだ、ちゃんと聞いていない。どうして純也を殺したんだい？」

未だに溢れる嘔吐感を圧し殺し、僕は掠れた声で問いかける。

ただそれだけ。それだけが僕の頭の片隅に引っ掛かっていたのだ。

芸術のためと京子は言うが、あの殺人はほとんど無差別に行われていたのではないのか。だとしたら何故純也が標的に選ばれたのだろう？

すると京子は、絵筆で内臓だったものの液体を掻き回しながら、小首を傾げてこちらを見る。

「う～ん……そこそこ長めの話になっちゃうよ？」

「いいよ。もう」

ため息混じりに僕が頷く。

視線の先には気味の悪い色の液体で満たされたビーカー。脳裏に先程の嫌な映像がフラッシュバックしかけ、僕は再び吐き気を堪えた。

僕にはもう、聞くことしかできないのだ。藤堂の家に乗り込んだ時とはわけが違う圧倒的な孤独感に苛まれながら、京子を見上げる。

「わかった。え〜と……じゃあ、どこから話そうかな〜？」

そんな僕の視線を気持ちよさげに浴びながら、京子は再びキャンバスに絵筆を走らせた。

※

中学高校時代の山城京子を一言で言い表すならば、〝優しい普通の女の子〟であった。

家はそこそこ裕福。

両親は素晴らしい人格者で、そんな両親を京子は愛し、京子自身も愛されて育った。

ごくごく真面目な委員長気質。だが、頭が固いというわけでもなく。

本当にどんな相手とでもすぐ打ち解けられるという、非凡なコミュニケーション能力を、京子は幼少の頃から持ち合わせていた。

故に家族やその親族、学校での友人や教師たちの間における彼女の印象は、〝優しい普通の女の子〟だったのである。

ここだけ聞くと、何の問題もないように見えるだろう。

だが、当の本人は、自分に与えられたその称号——具体的には、〝普通〟の部分が大いに不満であった。

　平凡に穏やかに進む日々。それが山城京子には耐えがたいほどに苦痛だったのである。

　周りとは少し違う道を行く人、自分では想像もし得ない世界で生きる人。そういった普通とは違う人間に対する憧れが、京子は昔から人一倍強かったのだ。

　だが、そんな憧れとは裏腹に、京子の両親は、娘がそういった周りから逸脱した行動をとろうとすることを極端に嫌う傾向にあった。

　そんな自分の少しズレた憧れに、両親が賛成するはずがないということを京子自身も十分にわかっていた。

　なので京子は、自分の内に眠る欲求を圧し殺し、日々を生きてきたのである。

　時は流れ、親元を離れた京子は、ついに念願の大学生活をスタートさせた。

　表向きは美術の先生を目指して。内心では自分はきっとどんなことでもできるに違いないという、新たな期待と共に。

　だが――。そこで京子を待ち構えていたのは、親元にいたときと変わらない、ごく普通の、刺激も何もない生活であった。

　大学生活に多大な期待を込めすぎていたというのもあるかもしれない。

唯一の救いは、絵を描くことを昔以上に真剣に取り組めるくらいで、後は特に何もない。

自分の中で表現したものに、ありきたりな評価を下す周りの学友や教授たち。コレじゃない。と、京子は常日頃から感じていた。

自分が求めていたのは、こんなものではない。

もっと五感を震わせるような、何もかもが新鮮な感じ。〝よい子の京子〟では決して味わえない、スリリングな日々……。

そんな京子の焦燥と渇望は、五月……大学生になってから初めてのゴールデンウィークをすぎた頃から、格段に大きくなっていた。

ゴールデンウィークを境に、「何かが違う」と、大学を去った者。専門学校へ行くことを決意した者。果てはなんと結婚してしまった者までいた。

そんな英断——当人の葛藤も知らずにそんなことを言うのもおかしな話ではあるが、京子にはそう見えた——を下した他の学生たちを尻目に、京子は相も変わらず大学で課題をこなす毎日だった。

自分には他の学生たちがしたようなことはできない。そんなこと、両親はきっと許してくれない……。

そう思った時、京子の心は恐怖した。自分はどこに行っても〝よい子〟であることに縛られているのではないだろうか？　ありのままの自分が出せる日など、永遠に来ないのではないか？

その気づきは、京子にとってまさに絶望の呈示と同義であったのである。

それからしばらくたったある日のこと。

京子は大学で、どこか暗い目をした青年と知り合った。

絶望に慣れたかのような青年の目。それは、京子の興味を惹くに充分だった。

最初はさり気なく話し掛け、次第に会うたび挨拶を交わすようになり、いつしか週末は二人で出掛けるようになる。

孤独を生きてきたからなのかはわからないが、自分に話し掛ける人物は、青年からすれば相当珍しいものだったらしい。それ故、青年が京子へ向ける視線に恋慕の情が混じり始めるのに、時間はかからなかった。

やがて、京子と青年は正式に恋仲という形で取り敢えずは落ち着いた。

京子が青年に近づいたのは、その目を曇らせていた絶望が何なのかを知ることだとは露知らず、青年は少しぎこちないものの、幸せそうに笑っていた。

その時、またしても山城京子の心は、闇に閉ざされてしまった。

ああ、この人も〝普通のいい人〟になってしまった。と。

結局。恋人を作るという、今まで経験したことのない行動も、京子の心を震わせるまでには至らなかったのである。
そして——。

「ああ、キミ。見てしまったんだね。弱ったな……」

それは、次の課題のイメージ収集に、廃墟や古い工場を渡り歩いていた夜のことだった。

寂《さび》れたカビ臭い深夜の工場。そこで山城京子は、死神に出会ったのである。

驚くべきことに、死神は京子と同じ大学の美術専修の男だった。確か、教授や周りの学生たちからの評価は余り高いとは言えない、京子もどちらかと言えば苦手な部類に入る人間だった。

しかし……。

「むぅ……重機で頭を潰すという悲劇的な構図を演出してみたわけだが……普通だ。大きな音も鳴るし、これは芸術的ではないな。さっさと逃げた方がよさそうだね。もっとも……」

死神——藤堂修一郎は、ゆっくりと京子に無機質な瞳を向ける。

「傍観者を片づけてから……ん？」

その瞬間、藤堂の目は見開かれた。京子はさっきまでの昆虫のような冷たい目が、人間らしい驚いた表情になるのを少し可笑しいと思いながら、ゆっくりと、惹かれるように潰された死体の傍に歩み寄った。

「………凄い」

そんな言葉が自然と京子の口から漏れた。なんという非日常な光景だろう。

親戚のお葬式で見た、清められた亡骸《なきがら》とは違う、ドラマや小説に登場するような惨殺死体。それが目の前にあり、更に自分はその殺人者によって口封じをされかけている。

これを非日常と言わずして何だと言うのだろうか。

京子がそんなことを考えていると、藤堂がゆっくりとこちらに歩み寄ってきた。

「……山城かい？　驚いた。同じ大学の人に創作活動を見られるなんてね」

そう言う藤堂は、心底驚いたような表情を浮かべながらも、油断なく京子を観察していた。

「あ、やっぱり芸術のつもりだったんだ？」

京子の問いかけに藤堂修一郎は肩を竦める。

「うん、でも失敗だったよ。もう少し凄い感じにするつもりだったんだけどねぇ」

「……キャタピラで潰しちゃうとかは？」

「それもいいけど、少し長居しすぎたよ。そろそろ逃げなきゃね。キミの返答しだいでは場所を変えて〝もう一仕事〟しなきゃなんだけど」

そう言いながらこちらを見つめてくる藤堂に京子はクスリと笑みを漏らす。

「心配しなくても、誰にも言わないよ。それよりもあたし、藤堂君の芸術についてもっと話が聞きたいな……」

恋人にすら見せたことのない、どこか淫靡さを孕《はら》んだ声色で、京子は藤堂を上目遣いに見る。そんな京子を、藤堂はじっと見つめていた。

「……嬉しいな。夢みたいだ。ボクの芸術に興味を示してくれたのはキミが初めてだよ。女神にでも出逢った気分だ」

大袈裟に両手を広げ、芝居がかった口調で藤堂は微笑む。それに対して、京子も満面の笑みで応えた。

「不思議ね。あたしも夢みたい。ほとんど初めて話すのに、運命すら感じるわ。探していたの。あなたみたいな非日常を生きる人を……ず～っとずっと探していたの」

そう言って京子は、歩み寄ってきた藤堂にそっともたれ掛かる。

まるで、ようやく王子様に出逢えたお姫様みたい。そんなガラにもないことを考えている自分が可笑しかったのだろう。

肩に回された藤堂の腕の感触を感じながら、京子は殺人者の胸に顔を埋めた。

ここにいるのは自分と殺人者と、潰された死体のみ。まるで映画のワンシーンのようではないか。

沸き上がる高揚感に、京子は人知れず、歓喜のため息を漏らしていた。

――こうして、神の悪戯か、悪意のなせる業か、とある殺人者と、些《いささ》か思い込みが激しい女は、手を取り合った。

後に世間を震撼させることとなる猟奇殺人事件。その元凶《げんきょう》たる、二人で一つの〝怪物〟が生まれた瞬間だった。

※

「あたしはね。最初はこの芸術はわかる人にしか見せないつもりだったの。でも、修一郎といろいろ話しているうちに、レイ君が万が一このことを知ったら、どういう反応を示すのかな？　って考えるようになってきたんだ」

幼少の頃の京子、僕に対する失望、藤堂修一郎との出逢い。そこから内臓を使用した絵を描くのを思いついたこと……。僕にとっては思っていた以上にヘヴィーで残酷な話を、彼女は絵筆を片手に語り続けていた。

僕はもう悲しみを通り越して乾いた笑いを漏らしてしまった。本当に全てが偽りであり、欺瞞《ぎまん》だったのだ。そう嫌でも実感し、それが僕の気持ちをどんどん沈めていく。

そんな中でも彼女と問答しようという気概になれたのは、まだまだわからないことが多すぎたから。この一点に尽きた。

「僕の反応見てどうしようってのさ」

「だってレイ君、会ったばかりの頃は暗かったでしょう？　そんな人があたしに心を開いた……と、いうところでコレを見たらどうなるかな？　なんて、純粋な興味が湧いたんだもの。だからあたしは、退屈でもレイ君との関係を続けていたんだよ」

ストレートに酷い理由。その関係に愛はなく、ただ僕の絶望だけが糧《かて》だったという京子の告白。それは死体蹴りもかくやに僕の心を容赦なく抉《えぐ》っていく。

そういえば、僕を好きになったのはいろんな表情が見たいから、そう言ってたっけ。あの時は、こんなおぞましい意味だとは知るよしもなかったけど。

「レイ君の部屋に行った時のこと覚えてる？　あたしがレイ君に迫りかけた時だよ。あの日もあたし、レイ君と会う前に修一郎といたんだよ。創作活動の後に来たの」

僕の脳裏にあの日の京子の行動、言動が鮮明に思い出される。

さっきまで作業をしてて、油絵の具などで汚れてしまったからシャワーを借りたい。と、言っていた。その作業が死体を使った狂気の創作だなんて、あの時の僕は想像もできなかっただろう。

　そういえば、第三の殺人の被害者が発見されたのは、京子が帰った後だったのを今更ながら思い出した。

「あの時ね。あたしがレイ君に迫ったのは、修一郎と同じ様に、レイ君を虜にしちゃおうと思ったからなんだよ」

「虜……?」

「うん、虜。だってレイ君、童貞でしょ?」

　邪気のない笑顔で京子は頷く。否定はしない。けど、そんなありきたりな方法で……。いや。認めよう。骨抜きになる自信はある。少なくとも当時僕は、京子が大好きだったのだ。

「でも思いの外《ほか》、レイ君のガードが固かったからね～。その日は一旦引き下がったんだ。だからゆっくり時間をかけていこうって思ったの。けど……」

　言葉を切り、京子は純也の内臓が入っていたタッパーを指でなぞる。

「だけど、予想外のことが起きた。レイ君と純也君が、修一郎の作品を見てしまったの」

　絵筆がビーカーの中身に浸《ひた》され、茶色とも赤とも言えぬグロテスクな液体が再びキャンバスの上を行き来する。また吐き気が込み上げ、僕は歯を食いしばった。

「それだけならまだよかったよ。でも不幸なことに、あたしがそれを知ったのは純也君がレイ君について相談に来た時だったの。そして純也君は例の絵も見てしまった……。純也君が好奇心に突き動かされてくれたから安全に処理できたけど、このことによってあたしと修一郎は初めて関わったことのある人間を殺してしまった」

絵筆を再びビーカーに突っ込むと、京子はそのままこちらに歩いてくる。表情こそ笑顔を張りつけてはいるが、目が……笑っていない。

「修一郎はね。芸術の果てに警察に捕縛され、処刑されるならそれも本望って考えだったの。勿論、捕まれば創作活動ができないから極力捕まらないように腐心してはいたけど」

京子は僕の膝に腰を下ろす。白くて細い指が伸びてきて、ヒヤリとした感触が頬を伝った。

「でもね。あたしはそれが嫌だった。だってせっかくの非日常を体感しているのに、警察なんかに捕まったなら一発で現実に引き戻されちゃう。純也君が殺された以上、警察だってその周辺人物を調べるはず……。そう思った時、ある考えが閃いたの」

僕の頬をなぞる指がそのまま首に、最終的には顎へと到達する。

「価値観が合わない修一郎に、全ての罪を被せるっていう、一発逆転の方法がね」

その時の京子の顔を、きっと僕は今後も忘れることはないだろう。

能面のような表情。その中に見え隠れする狂気は、まさしく殺人者のそれだった。

「修一郎とあたしはね。どちらかが捕まったら、全ての罪を片方が背負い、命を絶とうって約束していたの。だから舞台さえ整えば、後は勝手に修一郎が自滅してくれるって確信があったわ。案の定、修一郎は全ての罪を被って死んでくれた。……計画通りってわけ」

クスクスと笑いを漏らしながら、京子は僕からそっと離れる。

再びキャンバスの方へ歩いていく彼女の後ろ姿を見ながら、僕は今までの出来事を回想する。

ああ、悲しいかな。京子が猟奇殺人事件に荷担していたと判明した今になって考えてみると、不可解な点があったことに気がついてくる。

まず、京子からの電話。あれがおかしい。純也のことがニュースになったのがその日の夕方。京子から連絡が来たのがその翌朝。その時点で京子は純也が殺されてから連絡が取れないと言っていた。他の人が連絡してもダメだと。

更には、警察には連絡したが、証拠らしい証拠が出なかった。とまで宣《のたま》っていた。

友人間で結託し、連絡を取ろうとするならともかく、たった一日で警察の捜査が完了するなんて思えない。他人の部屋を捜査するだけでもいろいろと面倒な手続きがあるというのに。

つまるところ、この時点で怪しむべきだったのだ。

京子が友人や警察と接触をはかったことが、嘘っぱちであったということを。

僕が修一郎に殺されかけ、それをかけつけた警察が押さえ込む。それこそが京子の思い描いたシナリオだったのだ。

『女神よ……黒衣の女神よ。何故だ。ボクは供物を捧げ続けたというのに。何故ボクのもとへ来てくれない……』

藤堂修一郎の最後の言葉。恐らくあの時、藤堂は京子に陥《おとしい》れられたことに気がついたのだろう。

信じていた女に裏切られたのだ。その絶望感は、皮肉にも同じような境遇の僕には痛いほどにわかってしまう。

だが、藤堂は陥れられて尚、京子との約束を律儀に守った。

こうして見ると、彼が京子へ向ける情愛は本物だったのかもしれない。

実際に話してみて、藤堂は殺人者の面や歪んだ芸術感さえ除けば、純粋な男のように見えなくもない。愛に殉《じゅん》ずるという、端《はた》から見たら美しい選択肢を選んでもおかしくはないだろう。

もっとも、今となっては確かめる術もないのだが。

その時だ。ゾワリ……と、突然僕の後ろ首に気持ちの悪い感触が走った。

何かが蠢くような違和感は、僕の精神を不安定にさせる。

「解せないな。予想外となった純也の殺害を餌に僕を誘き出し、藤堂に罪を被せた。これによって警察を煙《けむ》に巻くのが目的だったんだろう？　なのに、何故ここで僕に全てを打ち明けたんだい？」

首から肩へと伝う、寒気にも似た感覚に顔をしかめながら僕は問う。

このままでは藤堂に擦りつけた罪が意味を成さなくなる。僕を拉致した京子の目的が読めない。

すると、京子は音もなく僕から離れ、机の上を漁り出した。やがて、小さな手が何かを拾い上げたのが辛うじて見え……そこで京子は、もう一度こちらに向き直った。

相変わらずの能面のような表情で僕を見る京子の右手には……。

鈍く光るメスが握られている。

「そうね……あたしは罪からは逃れることができた。けど、同時に失ったものもあるわ」

矛盾よね。と笑いながら京子は一歩……こちらへ踏み出す。

肩口で蠢いていた不気味な戦慄が、ぞわぞわと虫が這うように少しずつ広がっていく。

「あたしは非日常を共有する人を失ってしまったわ。だから、再スタートを切る必要があるの。ちょうどそこには、〝天涯孤独も同然な兄殺しの男〟がいるんだもの……。捕まえて奴隷にするにはちょうどいいと思わない？」

体温が、急激に下がっていくのを感じた。無意識に唇を噛み締めていると、京子は快楽の絶頂に達したかのように身を震わせて、今までで一番楽しげな嘲笑を浮かべた。

それは、アイツに……。怪物以外には誰にも話したことのない、僕の過去だった。

今もたまに夢に見る、トラウマのエピソード。

それを、どうして京子が……？

「不思議そうな顔してるわね。ええ。調べたのよ。奴隷にするなら、レイ君が抱える絶望を、前もって知っておきたくてね。本当はレイ君に語って欲しかったんだけど、まぁいいわ。驚いたなぁ……昔レイ君が通り魔に襲われた被害者の一人だったなんて。しかもお兄さんは死んで、レイ君は生き残ったんだよね？」

脳髄に響くような、ギリギリという音がした。自分が歯軋りをしているという事実に気がつくのに、一瞬の間が空いてしまう。

「しかも死んだお兄さんって、当時地元ではちょっとした有名人。片や生き残った凡才なレイ君は、未だに暗い顔をしてる……。出来のいい方が死んじゃうなんて、ご両親もお気の毒だよねぇ」

拘束された手を握り込みすぎて、手のひらから血が滲んでくる。やめろ……掘り起こすな。僕の胸の内で、メラメラと何かが燃え始める。

「あっ、気にしてたの？　ごめんねぇ～。でも、ますます理想な奴隷の形だよ！　加えて今は夏休み……。親友の死に絶望した大学生が自分探しの旅に出た末、行方不明に……なんて、いいシナリオだと思わない？」

「君は……僕に何をさせたいんだ？」

自分でも吃驚《びっくり》するくらい低い声が出た。

すると京子はメスを僕の頬に突きつけながら微笑んだ。

「何度も言ってるじゃない。自分と非日常を共有できる人が欲しいの。共有ついでにできればあたしの代わりに材料を調達する役をやってもらうとありがたいけど……まだレイ君には無理よね。じっくり……時間をかけて調教しなきゃね」

まるで遊びに行く予定を立ててるかのように京子は顎に指を当てながら言う。今から楽しみ。といったウキウキした表情だった。

「一応、恋人である君に警察が事情を聞かないとも限らないよ？」

その娯楽混じりの雰囲気に僕が水をさすと、その瞬間——銀色の閃光《せんこう》が瞬《またた》き、鋭い痛みと共に僕の頬を生暖かいものが流れていく。

切りつけられた。そう自覚した瞬間、声にならない悲鳴を漏らしながら、僕は身体を震えさせる。

「その辺は一方的に別れを告げられた。で、大丈夫よ。修一郎のことはレイ君以外誰も知らないもの」

無表情のままメスに付着した僕の血を舐め取ると、京子はメスをポケットにしまい、再び近くの丸椅子を手に構える。その目には嗜虐的な光が灯っていた。そのまま京子は、真っ直ぐに僕へと熱視線を向けてくる。

「手元が狂うと危ないからね……あ、悲鳴あげても無駄だよ？　ここ、元々は音大生向けに作られたとかいう酔狂《すいきょう》なアパートらしくてね。結構しっかりとした防音設備になってるんだって――さっ！」

フルスイング。風を切る音と共に、僕の左肩が強打され、激痛が走る。

「もう一丁！」

鈍い音と衝撃が僕をダイレクトに震わせる。ご丁寧に同じ部位に丸椅子がぶち当てられ、思わず僕は呻き声を漏らす。

「は～い。反対行きま～す。痛かったら手を挙げてね。挙げてないから大丈夫よね？」

今度は右肩を立て続けに二回。次は腹、左太股、右太股、両足の脛《すね》。頭、両頬……。

身体が軋むような音を立てているのを他人事のように聞きながら、僕は痛みの嵐に晒される。

　やがて、永遠に続くかと思われた殴打地獄は唐突に終わりを告げ、僕は椅子ごと床き倒された。

「ねぇ、痛いでしょう？　苦しいでしょう？　この痛みから逃れたくない？」

　耳元で京子の声がする。誘惑するような猫撫で声。薄れそうな意識の中、僕はなんとか京子の方を見る。

「でもまだダメ。離してあげない。レイ君が完全に陥落するように、あたしもこれから頑張るよ。痛いだけじゃない。気持ちいいこともしてあげる。楽しみにしててね」

　そう言って舌舐めずりする京子は、僕の頬をペタペタと撫でる。続けて、ちゅ。と、頬に湿った感触が押し当てられた。少し前ならば大喜びしたであろう彼女の口づけも、今はただ嫌悪が勝る。そんな僕の顔がお気に召したのか、京子はますます目を輝かせて、僕の喉首に指をかけた。

「――っ、可愛いっ！　やっぱりビジュアルもある程度は大事よね。修一郎は頭の中が素敵でも、見た目はゲテモノだったし」

「君は……最悪だよ」

「あはっ、レイ君必死だぁ～。……ねぇ、首締めてもいい？　こうしながらいけないことするの、大好きなの」

虫を弄ぶようなその手つきに、ギチリと奥歯が軋みをあげた。こんな奴を罪から逃すために、そのために純也は生け贄《にえ》にされたというのか。

コイツのあんな馬鹿馬鹿しい望みのために……！

「狂ってる……！　こんなことのどこが楽しいんだよ！　そんなに……そんなに人を苦しめて楽しいのか！　返せよ！　純也を返せ！　返せよぉ!!」

もう彼女を女どころか人間と見るのすら難しくなってきた。どうすればこんな歪んだ人格になれる？　どうすればここまで他人に対して冷酷で無頓着《むとんちゃく》になれる？

そんな僕の浮かべた疑問を嘲笑うかのように京子は小首を傾げ、心底不思議そうに口を開いた。

「楽しいよ？　てか、レイ君何言ってるの？　純也君は壊れちゃったんだから無理に決まってるじゃない。あっ、液状にした内臓ならあるけど……いる？　少しなら分けてあげるよ」

あんまりな返答に僕は呆然と虚空をあおぎ、目を見開いた。そこに――。

「ああ、もう。そんな怪物を見るような目で見ないでよぉ。濡れちゃうよ」

淫靡な表情で艶めかしく指を咥える京子。一方、僕は〝それ〟から目を背けられなかった。

その瞬間――。僕は感極まって涙を流しそうになっていた。

ああ、これはもう……ダメだ。こんな反応を示す自分が信じられない。よりにもよってこの状況に〝歓喜〟している自分がいる。

「あっ、そうだ。もうすぐこの『人間』が完成するわけじゃない？　そしたら今度は別の方法で絵を描いてみようと思うの。テーマはぁ……なんとぉ！　レイ君を使って絵を描いてみよう～！」

わぁ～パチパチ！　と、一人盛り上がる京子の声も、もう耳に入らない。僕はただ、その一点を見つめていた。

「あっ、内臓は使わないよ？　流石にそれやるとレイ君死んじゃうし。次はね。レイ君の血だけを使って絵を描いてみようと思うの。全部抜いちゃうとヤバイから、少～しずつ頂くね」

毎晩血を抜かれる……。どこかで体験したような状況だ。

「夜な夜な奴隷の血を採取して、自分の快楽に利用するの。まさに血の芸術家ってやつ。凄くミステリアスで絵になる情景だと思わない？　あっ、描くのは吸血鬼にしようかな。下僕《げぼく》の血を吸う美しい怪物が描いた自画像！　うん、これよ！」

満足気に顔を綻ばせる京子。

あれほど魅力的に思えた、太陽のような笑顔。それを僕は既に関心の外に置き始めていた。

そもそも血を頂くと言われても、恐怖なんて感じるわけがなかった。

京子には信じられないだろうが、僕にとって、それはもう二番煎《せん》じなのだから。

「……レイ君？　ねぇ、何か言ってよ。何よその顔？　あたしが初めて部屋に行った時と似た顔してるよ？」

自分に注意を向けられていないことを感づいたのか、京子は訝しげな視線を向けてくる。

「殴られすぎて頭が可笑しくなっちゃったの？　ねぇ、ほら見て！　あたしを見てよ！　あたしは特別なのに！　非日常を体現する存在なのに！」

喧《やかま》しい金切り声にうんざりしながら僕は顔を上げ、ようやく〝京子〟に真っ正面から視線を向ける。

身体が痛い。意識も朦朧としている。正直声を発するのも億劫だ。けど、この言葉は京子に突きつけてやりたかった。

「無理だよ京子。人はどんなに頑張っても、〝人である限り〟怪物になれないんだ。君は……ただの狂った女だよ」

僕の下した評価に、京子の顔が凍りついた。

「な……何を言うのよ。レイ君。あたしをただの変な女だって言いたいの？」

ワナワナと震える京子に、か「ああ。せいぜい三流止まりだよ」と、酷評を下す。

はっきり言おう。格が違いすぎるのだ。

「〝本物の怪物〟は案外身近にいる。ほら、今は君の後ろにいるじゃないか」

第九章　怪物

目の前の男が突然言い出したことを、山城京子は理解ができなかった。

だが、この畏《おそ》れを含んだ眼差しに京子は見覚えがある。いつぞやこの男の部屋に上がり込んだ時と同じ。自分を見ているようで見ていない。そんな顔。

ではこの男の視線の先にあるのは何だ？

 本物の怪物とは？ タチの悪い冗談につき合わされているのではないか。という猜疑《さいぎ》心《しん》を浮かべながら、京子は背後を振り返る。

――その瞬間。彼女の背筋は凍りついた。

部屋にはしっかり鍵を掛けている。ベランダなどに通じる窓も同様だ。

そもそもここはオートロック完備なマンションの四階だ。おいそれと人が侵入できる道理もない。

にもかかわらず、そこには少女が立っていた。

黒いセーラー服に身を包み、ほっそりとした脚を覆うストッキングも同じく黒。

腰ほどまで伸びる長い黒髪に、切り揃えられた前髪と、どこか日本人形のような印象だ。

深淵のような漆黒の瞳が、ますます少女の作り物めいた雰囲気を際立たせている。

黒。黒。黒。ことごとくその色を印象づける少女の格好とは対照的に、その肌は病的な程に白く、まるで陶磁器のよう。

美しい少女だった。

どこか妖艶な空気を纏った、美しい少女だった。

「そんなバカな……！」という言葉が口から漏れそうになった時。京子の視界は、何の前触れもなくグルリと反転した。

※

背後を振り返り、しばらく硬直していた京子が、いきなり横薙《な》ぎに吹き飛ばされた。

そんな光景を僕はぼんやり見つめていた。

京子の背後にいつかのようにぬっと出現したその少女――すなわち怪物は、壁に叩きつけられてむせかえる京子を一瞥《いちべつ》すらせずに、ゆっくりとこちらに歩み寄ってくる。

言葉が出なかった。

よりにもよってコイツに助けられるとは思ってもいなかったからだ。

なにせ僕はコイツに暴力を振るったのである。

だから、僕への興味を失ったか、反撃してくる餌に恐れをなしたのか、あるいは僕が知り得ないなんらかの理由で姿を消したのだろう。そう思っていた。

でも、少なくとも前者二つの考えは間違いだったらしい。怪物は――初めて出会った時と同じように、幸せそうな微笑みを浮かべていたのだから。

……ん？　幸せそうな微笑み？

なんとも言えない嫌な予感が胸を過る。すると、横向きだった世界が正常に戻された。

椅子に拘束されたまま横倒しにされていたのを、再び立て直されたのだ。

そしてすぐに、僕の膝元に柔らかい重みがのし掛かってくる。

「ちょっ、待て……んぐっ」

何をされるのか察した僕は、思わず制止の言葉をかけようとするが、時既に遅かった。

視界いっぱいに怪物の顔が大写しになる。同時に僕の唇にマシュマロのような感触が広がり、ヌルリと舌が差し入れられた。

僕が拘束されて身動きがとれない故か、はたまた数日ぶり故か。それはそれは熱烈で、今までにないくらい濃厚なキスだった。

「む……ふっ、んぐっ……」

タガが外れたかのように僕をきつく抱き締める怪物。頭を動かぬように両腕で固定して、彼女は時折頭の角度を変えて僕を貪り続けた。

怪物の舌はまるで別の生き物のように蠢き、僕の舌を搦め捕り、口内を蹂躙する。

花みたいな甘い香りに脳を蕩けさせられ、同時に押し当てられた殺人的柔らかさが、僕をいろいろな意味で追い詰めていく。

あ、これダメだ。

いつしか僕は抵抗の呻きさえ忘れて、ふわふわするような浮遊感に身を委ねるだけの、憐れな獲物と化していた。

どれくらいの間、好き放題にされたことだろう。

やがて、ゆっくりと僕の唇を解放した怪物は、膝の上でいつものように妖艶な笑みを浮かべた。

銀色の雫でできた橋が、僕と怪物の唇を刹那の間繋ぎ止める。恐ろしく淫靡な空気が周りを支配して……。

「何してくれんのよこのクソアマァ!!」

直後、物凄い怒号が響き渡った。

僕は思わず肩を跳ね上げながらそちらに視線を向ける。

アトリエの床に倒れたまま、京子が憤怒の形相でこちらを睨みつけていた。

「え？　何？　何なのそれ？　レイ君、あたしというものがありながら、浮気してたの⁉　……っ！　あの時の、女の匂いっ！　……最っ低！　てか、アンタどっから入りやがったのよ！　不法侵入よ！」

君が言うなとか、普段とキャラ違うよとか、いろいろ突っ込みたいことは多々あるが、今僕が最も驚いているのは別のことだった。

「何だ、アレ……？」

そこには、白い網のようなものが京子の背中を覆うように広がっていたのだ。

網はそれぞれの端が床にしっかりとくっついていて、ちょうど京子を押さえつけ、拘束するような形になっているらしい。その証拠に、先程から京子が立ち上がろうとしては、ベチャリと床に押し戻されていた。

「なによコレェ！」とか、「ネバネバするし……剥がしなさいよォ！」などといった京子の怒声を聞きながら、僕は白い網を凝視する。

それは、僕の部屋に張られていたものとは明らかに強度も幅も違う。成人した人間一人を捕らえられるような、とてつもなく大きな蜘蛛の巣だった。

アレはコイツが作ったものなのだろうか？　僕は思わず怪物の表情を窺う。

相変わらず京子は眼中にないといった面持ちで、怪物はこちらを見つめ続けている。その視線は、僕の頬――未だに血を流している傷口に固定されていた。

「……考えるのは後だ。なぁ、この縄《なわ》をほどいてくれ。早くここから逃げないと……」

「ハァ⁉　何言ってるのよレイ君！　あたしよりそのクソアマがいいっていうの⁉　ふざけんじゃないわよ！」

京子が喚き声をあげているが、この際無視をする。彼女が動けない今が、逃げる絶好のチャンスなのだ。

だが、そんな僕の必死の訴えも虚《むな》しく、再び怪物が僕に顔を近づけてくる。

「お、おい！　頼むよ！　今はそんなことしてる場合じゃ――ぬぉ⁉」

慌てていたのもあり、思わず変な声が漏れる。

頬の傷の近く。そこに怪物が舌を這わせてきたのだ。

チロチロと頬を行き来する舌の感触がくすぐったい。

怪物の柔らかい指が僕の髪をとき、弄ぶ。これもまた何だかこそばゆい。

そして何より……。

「フーッ……フーッ……フーッ……！」

京子が怖い。滅茶苦茶怖い。

まさに般若《はんにゃ》か修羅のような形相で荒い息を吐くその姿。それはつい先程まで、己の目的を楽しげな表情で語っていた彼女とは別人のようである。

「な、なぁ早く！　早くしてくれ！　このままじゃ怖い……じゃなくて、まずいんだよ！」

呼び掛けながら怪物の舌から逃れるように頭を動かす。京子に痛めつけられたせいか、身体が物凄く重い。だが今はそれを嘆く余裕などない。

すると、僕のそんな焦燥感が伝わったのか不明だが、怪物は顔を離して僕をまじまじと見つめ始めた。

「ロープ！　切ってくれ！　何でもいいから！」

縄の結びと怪物の目を視線で誘導するよう、僕は何度も呼び掛ける。すると、ついに怪物は僕を拘束するロープに手をかけてくれた。

そこからはあっという間の出来事だった。怪物は力任せに、まずは僕の右手、続いて左手、そして両足と、ロープを順番に引き千切っていく。

彼女の手がいつぞや見た蜘蛛の脚みたいな禍々《まがまが》しい形状になっていたように見えたが、今は考えないことにした。

ともかく僕の訴えにコイツが気づいてくれた。今はそれで十分だ。

「よ、し。取り敢えず、警察に……！」

ふらつく身体に鞭《むち》打ち、僕はようやく磔にされていた椅子から立ち上がる。だが、僕が何かをするより早く、少しの痺れに身体が苛まれた後……。目の前にいきなり現れた大蜘蛛に、物凄い勢いで抱きすくめられた。

随分と久しぶりの、幻覚を伴う違和感は……怪物の十八番、支配の力だった。幻覚はすぐに消え、マリオネットもかくやに怪物の傀儡《かいらい》に身を落とす。久しぶりになる非日常な状況の中、僕は内心で物凄く焦っていた。

コイツは、何故このタイミングで能力を使ってきたのだろうか？

答えはすぐに出た。

操られた僕の身体は怪物を優しく抱き寄せ、再びその唇にキスを落としたのだ。さっき怪物の方からしてきた、一方的に捕食するようなキスではない。抱き締め合い、互いに舌を絡めた、恋人同士がするような情熱的なディープキス。それがよりにもよって京子の目の前で見せつけるかのように行われていた。

ああ、痛い。見えないけどわかる。京子の視線が痛い。「殺す殺す殺す殺す殺す殺す殺す……」といった呪詛《じゅそ》のような声まで聞こえてくる。

まず京子よ。今こんなことをしている僕が言うのも変な話だが、言わせていただきたい。君が怒るのは筋違いだと。

というか、浮気うんぬん以前に、君は僕を玩具とかそんな程度でしか見ていなかったのではないのか？　……ああ、玩具を取られたから怒っているのか。

自分で疑問を浮かべ、唐突に自分の中で答えが出てしまった。

だとしたらその呪詛はできれば僕じゃなくて怪物に向けて欲しい。

そして怪物よ。お前には僕の意思はこれっぽっちも伝わってなかったんだね。

きっとただこれがやりたかっただけなのだろう。

その為にロープを切ったのだ。

何しに来たんだよお前。

いや、助かった。確かに助かったのは事実なのだけど、今まさに別の意味で死ぬような思いしているのだが、これはどうしてくれる？

そんな風に想いを述べたくても、操られたこの身ではどうすることもできない。

もし身体が動くならば頭を抱えるであろう状況の中。ともかくこれが終わったら改めて警察に連絡を……と、頭で結論づけたその刹那――。不意に「ブチブチブチブチッ！」という何かを引きちぎるような音が耳に入ってきた。

それとまったく同じタイミングで、僕は怪物の支配から解放される。

隷属の時間が終わりを迎えても、未だに僕に抱きつこうとする怪物を何とか引き剥がし、僕は振り向いた。さっきの不吉な音。あれは――。

肩に誰かがぶつかるような衝撃が来て、右脇腹へ焼けつくような痛みが走った。

「…………え？」

思わず間抜けな声をあげた僕の腹部で、何かが激しく、抉るような動きでグリグリとねじ込まれてくる。

ユラリと、幽鬼《ゆうき》の如くこちらを見上げる女がそこにいた。

短い茶髪を振り乱し、肩を怒らせている女は、もはや正気を保っているとは言い難い。

クリッとした可愛らしい小動物のようだった目は、今や血走り、肉食動物のソレだ。山城京子。僕の大切な人の一人だった女性は、鋭いメスを握り締め、その刃を僕の腹部に突き立てていた。

「あはっ、死んじゃえ」

「京……子」

呆然とする僕に、京子の視線が突き刺さる。

「レイ君……何でよ。その女、何なのよ。こんな変てこな糸出して、突然背後に現れて。しかも人の血まで舐めるなんて……どう考えてもマトモじゃないわ」

ボソボソと呟くように話す京子は、ズプリと僕からメスを引き抜くと、フラフラと数歩、僕から遠ざかる。

さっきの音……、メスで蜘蛛の糸を切り裂いた音だったのか。まるで他人事のように納得した僕の力が急速に抜けていき、気がつけば僕は床に倒れていた。

沸き上がる痛みの奔流が僕を飲み込んでいく。

刺された場所が、バカみたいに熱い。薄れていく意識の中で、僕の後頭部が誰かにそっと持ち上げられ、柔らかいものの上に乗せられるのを感じた。

ああ、この感触は知っている。俗にいう膝枕。多分コイツは気に入っているのだ。

「なによ。なによなによなによ！　この女、最後の最後まであたしを無視するの？　いいわ。レイ君はもういらないし、そんなに二人だけの世界に生きたいなら望み通り纏めて殺してやるわ。全裸にひんむいて、公園でイチャつくカップルみたいな下品なオブジェにしてあげる！」

ワナワナと震えるような京子の声に、焦燥感が煽られる。京子は、怪物をも殺す気なのだ。

そう悟った僕は、何とかして怪物の方を向こうと身体を捩《よじ》る。

「せめて君だけでも逃げろ」そう怪物に告げようと思ったのだ。

だが、その言葉が怪物に届くことはなかった。僕が口を開くより早く、頭上で何かが動く気配がする。

「……やっぱり。あなた普通じゃないわ」

畏怖を含んだ京子の声がして、痛みが止まない脇腹の傷口がむず痒くなる。

怪物が僕の腹部に口をつけ、その血を啜っていたのだ。

「なんなのよ。まぁいいわ。……またあの変な糸出されたら厄介だし。もう殺……え？　――きゃっ⁉」

風を切るような音がした。続いて短い悲鳴があがり、壁に何かが叩きつけられるような音が耳に入る。

「また糸？　なんなのよアンタは……⁉　ちょっと。何やって……え？　ウソ、待って！　待って待って待って！　何よ。何なのよそいつらは⁉」

何かが起きているのは明白だった。さっきまで、あんなに威勢のよかった京子の悪態が、急に弱々しく恐怖に震えたものに変わっている。

そして……耳鳴りだろうか？　乾いた布が擦れるような。そんな微かな音が四方八方から聞こえてきた。

「ウソ……何よ？　アンタ何者なのよ。何でこんな……」

今や京子の声は涙声に変わっていた。

乾いた音は次第に大きく、さざめきのように騒がしくなっていく。

何が……起きている？

今にも飛びそうな意識を何とか繋ぎ止め、僕はゆっくりと目を開き――。

すぐに後悔することになった。

蜘蛛だ。何百もの蜘蛛が、アトリエの床に、壁に……。まるで京子を取り囲み、僕と怪物を守るように集結していた。

ジョロウグモ、オニグモ、ハエトリグモ、アシナガグモ、キムラグモ、ハナグモ、アシダカグモ、オウギグモ……。

僕が知る蜘蛛から見たことのない蜘蛛まで、ありとあらゆる蜘蛛が入り乱れ、威嚇するように蠢いていた。

腹部の痛みも忘れ、思わず怪物の表情を窺う。怪物は右手のひらを、床に再び磔にされた京子に向けたまま、いつも以上に無表情で、けれどもその目だけは冷たく残酷な光を帯びていた。

少なくとも僕はこんな顔は見たことがない。まさかとは思うが……コイツ怒ってるのか？

思わず身体が強張った。

そんな僕の戦慄をよそに、蜘蛛たちは押し入れやドアの隙間からどんどんアトリエに侵入し、壁や床、天井すら埋めつくしそうな勢いで集まってくる。

やがて、声にならない悲鳴を漏らす京子の目の前で、怪物の右手がゆっくりと閉じ始めた。

少しずつ。少しずつ手のひらが閉じると共に、ざわめいていた蜘蛛たちが一匹、また一匹と動きを止めていく。

そうして怪物の手が完全に握り拳を作った時。アトリエに集結していた蜘蛛たちは一斉に沈黙し、辺りを不気味な静寂が支配した。

蜘蛛たちがおとなしくなったことを確認すると、怪物の腕が、今度はゆっくりと振り上げられた。

「い、嫌……ま、待って。レ、レイ君を傷つけたことは謝るから。謝るから……助けて……」

その行動が意味することを悟ったのか、京子が涙目で懇願する。が、怪物は止まらない。

頭上で握られていた握り拳が解かれ、開かれた手のひらの指一本一本がピンと伸びる。

僕の頭を膝に乗せたまま、怪物の腕は今まさに、京子への葬送曲を奏る指揮棒にならんとしていた。

「や、や……やめてぇぇぇぇぇぇえ!!」

その叫びが合図となった。怪物の手が完全に振り下ろされ、絶叫する京子の元へ一斉に、何百、何千もの蜘蛛たちが殺到し、あっという間に彼女の小さな身体を覆い尽くした。

「アアアアアァァアァアアァッ‼」

つんざくような金切り声があがる。

蜘蛛と蜘蛛の身体がぶつかり合い、足が絡み、縺《もつ》れながら京子の身体を這い回る
生々しい音が聞こえてくきた。

「ヒイイイィッ！　アア……！　イ、ヤ……あぐっ……もごぉ……ぅぅ……」

逃げたくても蜘蛛の糸で身体を拘束されている京子は身動きが取れない。

万策つきた彼女は、悲鳴をあげながら身体をくねらせ、必死で抵抗するしかない。

だが、数の暴力の前にその動きも次第に鈍くなり、声も弱々しいものになっていく。

「……ぅ……ぐ……んぐ…………っ」

動きが鈍った京子に蜘蛛たちはここぞとばかり群がり始めた。

やがて……。何かが口に詰まったような、くぐもったうめき声を最後に、彼女が倒
れ伏した場所は何千もの蜘蛛が折り重なった人形《ひとがた》の山に成り変わる。

それっきり、部屋は再び静寂に包まれる。他に聞こえてくるのは、恐怖にあてられ
た僕の弱々しい息遣いのみ。

目の前で起きた光景に、僕の身体は情けないくらいに震えていた。

「あ……ぐぅ……」

今更ながら痛みが甦《よみがえ》ってくる。周りを見ると、僕と怪物の下には真っ赤な水溜まりができていた。

当然ながら、それは僕が流した血。そのおびただしい量に、僕は意外と冷静に自分の現状を理解した。

――ああ、死ぬのか。

あっけないものだ。

というか、我ながら結構酷い死に様ではないだろうか？

彼女だった人が殺人鬼で、奴隷にする宣言をされたかと思ったら、あっさり別の女が助けに現れて。

その女に助け出されて熱烈なディープキスを交わしていたら彼女だった人にメスで一刺し。

痴情の縺《もつ》れなんてレベルじゃない。これでは天国の兄さんも浮かばれないだろう。

そんな馬鹿馬鹿しいことを考えていると、そっと頬に柔らかい手が当てられた。

見上げると、怪物が僕をじっと見つめている。さっきの残酷な笑みは鳴りを潜め、ただ僕を見つめる漆黒の瞳がそこにはあった。

助けに来てくれてありがとう。

あの時、殴ってごめん。痣《あざ》とか残らなくてよかった。

てか、キスしてないでさっさと逃がしてくれたら、僕はこうならなかったんじゃないのか？　そういった感謝や謝罪、文句などが一通り頭に浮かぶが、もう僕には話す元気など残ってはいなかった。

今まで意識を保てていたのも奇跡に近い。

沸き上がる痛みすらも薄れて来ている。死がすぐ傍まで来ている証拠だろうか？

視界が暗くなってくる。

目を閉じるのが怖くて、思わず無意識に。僕は怪物の顔を改めて見つめ直した。

綺麗な長い黒髪と白い肌。闇の底のような瞳。その美しい姿を脳裏に焼きつけ、僕は顔を綻ばせた。

結局。僕は最後の最後まで〝君〟に恐怖し、魅了され、捕らえられたままだったな……。

自嘲気味な嘆息を漏らしながら、僕はゆっくり目を閉じた。

怪物は最後まで、僕から目を逸らさなかった。僕が死を迎えるその瞬間まで——。

そのことにほんの少し嬉しさを感じながら、僕は静かに眠りについた。

※

夢を見た。

夢を見ているんだと思う。そうとしか思えない状況だった。確かに京子の部屋にいたはずなのに、僕が目を覚ましたのは森か林らしき薄暗い場所だったのだから。

どこだ、ここ……？

身体は動かず、声も上手く出せなくて、目だけで周りを確認していく。突飛な話だが、もしかしてこれが死後の世界かな。なんて考えまで浮かびかけていた矢先——。

僕の身体が、わかりやすく凍りつく。

夜風に揺らめく静かな木立。そこには、どこか異界めいた光景が広がっていた。

「なんだ、これ……」

そんな呟きが漏れる。視界に飛び込んできたのは蜘蛛の糸。それが幾重にも絡まり、張り巡らされている。

糸は木と木の間に。根元に。枝に。地面にすら到達し、その存在感を主張していた。

暗い闇の世界で、月明かりで淡く銀色に輝くその領域。それを見た僕は、誰かに告げられるまでもなく悟った。

ここは、アイツの棲み家か、休息地に違いない——。

この世の非常識を具現化したかのようなこの森の一角は、まさに蜘蛛の怪物が住居とするにふさわしい場所だった。

アイツは……どこに行った？

身体を起こして周りを見渡したいところだが、生憎と全身は鉛のように重い。できるのは眼の動きのみ。仕方がないのでそれでなんとか周りを把握しようと試みて……僕はまた、妙なものを発見した。

蜘蛛の巣が張り巡らされた木の梢《こずえ》。そこに握り拳大の、白くて丸い塊が吊るされていた。

それから僕は、たっぷり数十秒ほど、固まったままだった。その塊から目が離せなかったのである。

よくよく見ると、塊は一つや二つではなく、この蜘蛛の巣だらけの領域――。その至るところに吊るされていた。

見る限り、蜘蛛糸をそのまま押し固めたもの。あるいは、糸で何かをぐるぐる巻きにしたものと見られた。

勿論、〝それだけ〟だったならば、話は簡単だっただろう。

だが、僕が目を離せなかった理由は別にあった。

その塊のところどころに、〝赤黒い染み〟があったのだ。そう、まるで――。

その時だ。トマトを握り潰すかのような、酷く湿り気を帯びた音が、僕のすぐ傍から聞こえてきた。

ペチャリ。クチャリ。サク。サク。サク。と、それは聞いている者の心を不安定にする、気味の悪い響きをもって、僕の神経を掻きむしる。

僕の足元だ。そこで、断続的に何かが行われているのだ。それに気づいた時、僕は半ば予想はできていながらも、ゆっくり視線を下に向ける。

そこにはやはり、怪物がいた。

何かを貪り食う、怪物の姿があった。

「なぅ……あ……」

何をしている⁉　という言葉が思わず飲み込まれる。

美しい少女が原始的な方法で何かを食すというアンバランスな光景が、謎の衝撃となって僕を襲う。

怪物の口元は真紅に染まり、その顎が動く度に赤い飛沫《しぶき》が怪物の美しい顔を穢《けが》していく。

もう疑いようがない。怪物が貪り食っているのは、至るところに吊るされた、あの繭のような塊だった。そして恐らく、あの塊は……。

不意に僕の下半身に、柔らかな重みが加わる。

いつのまにか怪物が僕にのしかかってきていた。

怪物が僕の傍に居着いてからはよくあることだ。

だが、いくら慣れた状況と言えども、本物の補食シーンを見せられた直後とあっては、僕も落ち着いているわけにはいかない。

我がことながら、まるで恐怖したり魅了されたりのジェットコースターにでも乗っているような気分だった。

「お、おい。何をする気だ？」

横たわったままの僕に、怪物がゆっくりと顔を近づけてくる。

逃れようにも、いつの間にか両肩は怪物の手で押さえつけられ、跨ぐように僕に乗っかっているので足も動かせない。

血濡れの唇は怪物の白い肌も相まって妖しい空気を醸し出していた。

だが、それが気にならなくなる程の大問題が残っていた。怪物は、〝明らかに何かを口に含んでいた〟。

「よ、よせ！　………っん」

もう何度目かと数えるのもバカらしくなってきた接吻の感触。そして……。

気がつけば、少女の顔ではなく、大蜘蛛の頭が目前にあった。おぞましいことに、僕は……大蜘蛛とキスしていた。

僕は悲鳴をあげようとした。が、声が出なかった。痺れと、幻覚。あの理不尽な支配の力が行使されていると気づいた時には、僕の口内にはヨーグルトのような何かが流し込まれていた。

錆びた鉄のような味に僕は顔をしかめ……たいのだが、身体の方はまるで待ちわびていたかのようにそれを啜り飲む。

やがて、僕が全て飲み下したのを確認すると、怪物は解放の痺れを合図に、僕から顔を離した。

呆然とする僕。それを見つめる怪物。視線が交差し、しばらくの間沈黙が流れた。

「う……ぐ」

唐突に吐き気がこみ上げてくる。当然だ。恐らくアレは人間の……。

おぞましい推測が、頭を侵食していく。しかし、僕の口から吐瀉物が漏れることはなかった。

おなじみの痺れが身体をかけめぐり、まるで「お残しは許しません」とでも言うかのように、幻覚で現れた大蜘蛛が、僕を前脚でペチンと叩く。

その瞬間、僕は嘔吐という人間らしい当たり前の反応すら封じられてしまった。

気持ち悪さは確かに残っているのに、吐き気が急速に引いていく。支配の力は、こんな使い方もできるらしい。新たな発見に涙が流れそうだった。

そんな僕の眼前で、怪物はいつの間にもう一つ手にしたのか、血染めの繭にそっと唇を近づけていく。

両手で大切に、味わうかのようにソレを咀嚼する怪物。

時折、噴き出すような音を立てて飛沫が飛び出すが、怪物はそれをこぼさぬよう器用に手で押さえている。

そして、再開される血の口移し。

溢れる背徳感や冒涜感。嫌悪や吐き気。それすら飲み込む程の、強烈な酩酊と快楽が僕に襲いかかる。

この状況でそんな感覚に陥《おちい》るなんて、まるで踏み外してはいけない道に来てしまったかのよう。

そんなゾッとするような恐怖を感じていると、今度は目の前がチカチカし始めた。降りかかる出来事に、脳の許容範囲がパンクしてしまったのだろうか？　またしても意識が遠のいてきた。

腹部が妙に熱い。そういえば、京子に刺されたんだっけ？　あれ？　だとしたらどうして僕は生きている？　痛みもそれほどではない。何がどうなっているのだろう？

ぼんやりとした頭ではロクに思考も回らない。

「はりゃ？　お前さん何しとんじゃ……な、なんじゃこりゃあ⁉」

ブラックアウトしていく意識の中、僕が最後に聞いたのは、見知らぬ老人の驚愕した声だった。

もし神様なんて存在がいるなら、平手打ちかラリアットの一発くらいは許されないだろうか。

僕はふと、そんなことを考えた。

だって死ぬ直前にまでこんな悪趣味というか、意味不明な〝夢〟を見せるなんて、悪意があるとしか思えない。

未だ口に残る、鉄と肉が混じり合ったかのような嫌な味。

それだけが妙に生々しかった。

第十章　歩み寄った夜

夢に次があるとは思っていなかった。

またしても目を開ければ、吐息がかかるかと思える距離に、むさいおっさんの顔が大写しになっていた。

「おっ生き返ったか？　べっぴんな天使のお迎えじゃなくて悪いな」

「う、うわぁあああ⁉」

いきなり視界に入ってきたニヒルなおっさんの笑顔に、僕は思わず悲鳴をあげる。

その瞬間、脳天を揺さぶるような衝撃が突き抜けて、目の前を火花やら星が飛びかった。痛い。ベタな判断方法だが、今回は夢ではないようだった。

「いきなり頭突きとは……元気いっぱいで安心したよ、こん畜生が」

「大輔……叔父さん？」

おでこを擦りながらそこに立っていたのは、僕の叔父である、小野大輔その人だった。

「ここ……どこ？」

清潔なシーツの感触、白い壁にクリーム色の床。消毒液の香り。

――病院だ。ということは……。

「生き……てる？」

「ま、軽い打撲と軽い裂傷だからな。むしろこれでお前に死なれたら、病院相手に訴えてるとこだ」

そう言って、叔父さんは肩を竦めた。ん？　軽い……裂傷？

僕は半ば無意識に自分の腹部に手を当てる。痛みは……ない。

フラッシュバックのように、京子に刺された瞬間を思い起こす。激しい痛みの波、溢れ出る血。あれで……軽傷？

「ホームレスのおっさんに感謝しろよ。鷹ノ巣公園の隅っこにある雑木林で、お前が血塗《ちまみ》れでぶっ倒れてるのを見つけたらしくてな。病院まで背負って全力疾走してくれたらしい」

頭の中で、ついさっきまで夢だと結論づけていたものが、急速に像を成し、現実味を帯びてくる。

あれは、実際に起こった出来事だった？

そう実感した時、口の中にねっとりとした苦みとも酸っぱさとも言えぬ味が広がっていく。じゃあ、僕は……。

「しかし……お前一体あんなところで何やってたんだ？」

込み上げる吐き気を必死に抑えていると、叔父さんが心底不思議そうな顔で尋ねてくる。だが、残念ながらそれを聞きたいのは僕の方だった。

確か鷹ノ巣公園は京子のマンションから一つ隣町だ。そんなところまで気を失った僕がどうやって移動するというのか。

いや、誰の仕業なのかだけは大体想像はついてしまうわけなのだが。

脳裏を黒髪の少女が過る。そこでようやく、僕はこの局面で最も重要なことを話していないことに気がついた。

「そ、そうだ！　叔父さん！　猟奇殺人事件の犯人なんだけど……」

「ああ、山城京子な。行方不明になってるぞ」

「………へ？」

大輔叔父さんの口から出た思いがけない一言に、僕は身体を凍りつかせる。

「な……何で？」

「いや、な。藤堂を捕まえたはいいけど、あっさり死なれちまっただろ？　だから身辺を調査していたんだが……」

大輔叔父さんはポケットから煙草を取り出そうとして、「おっと、病院だったたな」

と呟いた。

結局何も掴まなかった指を手持ち無沙汰気味に振りながら、叔父さんは話を続ける。

「藤堂の部屋から、本人や、被害者らのものではない毛髪が見つかってな。一応、もう一度事情を聞きたくて山城京子に連絡したら……」

「連絡がつかない？」

「ご名答だ。実家や大学にもいないらしく、部屋に入ってみたらビンゴだった。って話だ」

成る程。となると、遅かれ早かれ京子には捜査のメスが入る運命だったのか。

完璧に出し抜いた気になっていた彼女だったが、やはりそこは警察の方が一枚上手だったということだろう。

「待って。部屋に入ったって……。今日、何月何日？」

「八月二十八日だな」

叔父さんの言葉に愕然とする。僕が京子に刺されてから二日も経っていたのだ。

「僕が発見されたのは？」

「昨日の夜だな。ちなみに山城京子の部屋に警察が押し入ったのが昨日の朝だ」

僕が京子に刺されたのは大体一昨日の夕方。

つまり、僕はそこから次の日の夜まであの傷を負ったままだった、ということになる。

　ますます解せない。僕はどうやって生きながらえたんだろう。

　わけもわからずに僕は思わず頭を抱えてしまう。すると叔父さんは本当にすまなそうな顔で僕の肩を軽く叩き、詫びるように手を合わせた。

「さて、レイ。目が覚めて早々で悪いが、事情を聞かせてくれ。何せ今回の事件、不可解な要素が多すぎる」

　それは確かに言えている。

　ここは僕の持っている情報と、叔父さんの情報を照らし合わせてみた方がいいかもしれないな。

　少しの混乱を抱えながらも僕はゆっくり頷くと、今までの経緯《いきさつ》を話し始めた。

　藤堂修一郎が逮捕されてから起こったことや、二人の殺人鬼がいかにして出会ったか。

　行方がわからなくなっていた被害者の内臓の場所。そして京子のことと、その目的について。

　怪物のことは伏せた。今現在アイツの存在を証明できるものがない。僕が京子に刺されたところまで話した時、叔父さんは不審げに眉を顰《ひそ》めた。

「やっぱり刺されてたか……。山城京子の部屋に事件被害者ではない者の血液が残されていて、加えてお前も連絡が取れない。もしかしたらとは思ってたが」

「血……残ってたんだ」

「ああ、となるとおかしいよな。その軽傷であの血の量。辻褄が合わないよ」

ポリポリと頭を掻きながら、僕と同じ考えにいたる叔父さん。

「加えて、出血が本当だと仮定すると、その状態で隣町まで移動、ないし運ばれたってことになるが……。こんなこと、普通に考えて不可能だ。お前がプラナリアか何かみたいに、切られてもすぐ再生する奴だったら話は別なんだけどな」

身内にそんなのがいるなんて思いたくもないが。と、叔父さんは冗談めかして笑う。

プラナリアより非常識な化け物なら遭遇したけどね。と、僕は心の中で笑う。

「まぁ、いい。わからないもんは仕方ない。とっとと山城京子を捕まえて、いろいろ吐かせるのが多分一番手っ取り早いだろ。あのサイコ女がこっちの質問に答えてくれるかは知らないがな」

「サイコ女？」

確かに京子の言動や行動は狂気じみてはいるが……、質問などに答えられない程の壊れ方とは方向性が違う気がする。

「サイコ女には違いないだろうが。人の内臓玩具にした挙げ句、拉致監禁未遂。てか、部屋にあんだけの蜘蛛の死骸を放置してるなんざ、正気の沙汰とは思えないよ。あの部屋見た後輩の何人かは、ショックで吐いちまったし」

「蜘蛛の……死骸？」

叔父さんのもたらした情報に腕が震える。

おかしい。京子は襲われる側だったのではないのか？　何故、襲った側の蜘蛛が死んでいる？

行方不明と言っていたが、それは蜘蛛に跡形もなく捕食されたことを意味しているのだろうか？

それとも……。

「極めつけはあの絵だ。冷蔵庫にはタッパーに詰めた内臓……あの女に言わせりゃ多分〝材料〟か。まだいくつかあったしな。まったく、とんでもない女だよ」

ブルリと身震いするかのように叔父さんは両肩を抱える。僕はもう声も出ない。否、出せなかった。

「一応、鑑識に出したら被害者全員の痕跡がその絵から検出した。流石に気味が悪くて、飯が喉を通らなくなるような展開だよ」

そう言いながら叔父さんは忘れてた。と呟きつつ、フルーツの缶詰めが入ったビニール袋を病室のテーブルに置く。

「見舞いだ」

「このタイミングで出さないでよ」

相変わらず図太い精神をお持ちのようだ。

渋い顔をする僕には目もくれず、叔父さんは缶詰めを病室備えつけの冷蔵庫に入れていく。

「まぁともかくだ。未解決な上に一癖も二癖もある事件が、一度に四つも出てきたんだ。てんやわんやって奴だ」

叔父さんは苦笑いを浮かべながら、桃缶一個を除いた缶詰を仕舞い終えると、冷蔵庫の扉を閉めて、改めてこちらに向き直る。

その顔には、成る程、確かに疲れが滲んでいた。

もしかすると、忙しい中で僕についていてくれたのだろうか？　だとしたら少し申し訳ない。

「それはお疲れ様……って、え？　四つ？」

だが、そんな申し訳なさは、新たな情報に容易く吹き飛ばされた。予想だにしない展開に僕がポカンとしていると、叔父さんは神妙に頷きながら、まずはと指を立てた。

「一つは藤堂修一郎と山城京子。この二人が起こした事件な。これは藤堂が死に、山城が行方不明になった以上、未解決と言うしかあるまいよ」

それは致し方ないなと僕は感じた。犯人はわかっても、その一人は未だに見つかっていないのならば、警察からすればまだ事件は終わっていないのと同義だろう。これはまだ理解できる。

「他の三つは?」

「ああ、米原侑子の一件。覚えているか?」

その名前に僕はピクリと反応する。米原侑子。他の被害者が内臓の一部を持って行かれたのに対して、唯一、脳を含めた全ての内臓を持ち去られた女学生だ。

その容姿は、僕の部屋に住み着いた怪物と瓜二つ。アイツと少女の関係は依然として謎に包まれていた。

「実はな。件の二人が起こした連続猟奇殺人事件と、米原侑子が殺害された事件は、まったくの無関係だということがわかったんだ」

「……え?」

思わず目を見開く僕の前で、叔父さんはお見舞い品の桃缶を開け始めた。

「これは間違いない。何せ他の犯行は全て認めた、藤堂本人が関与を否定したんだ。俺たちが第二の殺人だと思っていた米原侑子の事件は、まったく知らない。世間が呼称する猟奇殺人事件第二の殺人は、まだ誰にも見つかっていない。なんて得意気に宣《のたま》いやがったよ」

苦虫を噛み潰したような表情で叔父さんは桃を頬張る。

どこからフォークを取り出したのだろう？　そして何故、僕のお見舞い品をこの人はこんなにもナチュラルに食べているのだろう？

「ああ、ちなみに、藤堂を逮捕した翌日に、ヤツが殺した被害者の死体は見つかってる。何の因果か、お前が発見された鷹ノ巣公園の中に、結構広いひまわり畑があるんだがな。そこに埋めてあった」

ご丁寧に本人が場所を教えてくれたからな。と言いながら、叔父さんはつるりと吸い込むように桃を口のへ入れていく。

いい食べっぷりだった。

「山城京子が描いていた絵にしてもそうだ。お前も知っての通り、被害者の内臓を材料にしていたが、あの絵の中に米原侑子の痕跡はなかった。当然、冷蔵庫に保管されていた材料も同じくだ」

とうとう桃缶の中身は全て叔父さんの胃の中に収まってしまった。

遠慮の欠片も見せずに食べきったなぁ、この人。

「てことは、米原侑子を殺害した犯人は……」

「ああ、尻尾も何もまったく掴めちゃいないよ。たまたま猟奇殺人事件の時期と重なり、内臓を持ち去るって共通点があったから、一括りにされちまってたんだな。現状、これも未解決だ」

参ったね。と、叔父さんは嘆息を漏らした。

「三番目。うちの鑑識の古い知り合いが、行方不明になったって話はしたか？」

「え～っと、チラリとは」

そこまで気にしていた案件ではなかったので、曖昧な返答をすると、叔父さんは指を鳴らしながら頷く。

「ずっと音沙汰なしだったんだがな。今朝がた、うちの署にアイツの名前で辞表が届いたんだ。仕事に誇りを持ってたアイツが、誰にも姿を見せず、挨拶もなしに職場からさよならしたんだよ」

釈然としない表情の叔父さん。

その顔にはどこか悔しさや遣《や》るせなさが滲んでいるように見えた。

「警察の方は……それで納得したの？」

「上は納得したさ。事件性の欠片もないからな。やる気なくしたやつなんざほっとけってやつさ」

成る程。それよりも猟奇殺人事件などの方を追えということか。

だが、恐らくは叔父さんの中では疑念が拭いきれない。そんなところだろうか？

「あいつ、見た目はともかく、超がつくほど真面目な奴だったんだ。そいつがワープロで辞表だぞ？　しかも連絡もつかないときた。絶対におかしい」

だからこれは俺個人にとっての事件だな。と、叔父さんはため息混じりに呟いた。

友人だと叔父さんは言っていた。純也を失った時、僕の心には決して小さくない、むしろ大きな痛みが残ったものだ。

だから叔父さんもまた、傷を負ったのだろう。

たとえ生きているのだとしても、友人を失ったに等しいのだから。

重苦しい沈黙が流れていた。

やがて、しばらくの間を置いてから、叔父さんはよっこらせと立ち上がった。

「え？　ちょっと待って。四つ目は？」

僕が少し慌てたような声を出すと、叔父さんはああ、と声を漏らしてから、少し考えるようなそぶりを見せた。

再び沈黙を挟んだ叔父さんは、唐突に真面目な顔になる。

「四つ目な。あ～……それはやっぱりいい。そんなことよりもレイ。お前、何か変な薬に手を出してないよな？」

「……へ？」

素っ頓狂な声をあげる僕。

対する叔父さんは、こちらをじっと見つめたまま、微動だにしなかった。

「いや、な。刺されたと本人は主張するが、流した血のわりに軽傷だ。更に意識失って隣町まで瞬間移動するわ、そこの公園で自分の血を口一杯に含んで気絶してるわ……」

「ちょ、ちょっとストップ！」

「ん？」

最近妙に驚く機会が多い気がするが、決して気のせいではないだろう。

新たな事実の発覚に、僕は慌てて叔父さんの言葉を制止した。

「い、今なんて……？」

「刺されたら軽傷だった？」

「その先！」

「瞬間移動？」

「もっと先！」

「自分の血を口一杯に含んで？」

「それ！　どういうこと？」

少なくとも僕は吐血なんかしてないし、自分の血を飲んだ記憶なんてない。すると、
叔父さんはますます呆れたような顔でため息をついた。

「さっきも言ったが、お前、ここに運ばれて来た時な。顔中血塗れでだったんだよ。

当然口の中もな。不審に思って調べた医者曰く、吐血した様子もない。むしろ〝自分

の血を飲んでいたのではないか〟って言ってたよ」

「僕が……自分の血を？」

口から掠れた声が漏れる。

何だ？　どういうことだ？　何で僕がそんなことを？

「……なぁ、レイよ。失礼を承知で聞くが、お前今、正気なのか？　記憶はところどころ飛び飛びで、行動にも不可解な点が多すぎる」

探るような目をこちらに向ける大輔叔父さん。今まで見たことのない、刑事の雰囲気を思わせる表情。

叔父さんのそんな目を真っ直ぐ見つめていた僕は、ここに来てようやく悟った。

「そうか……〝僕が〟四つ目なんだね」

確かに。自分で言うのも何だが、あの時、京子に刺されてから僕の身に何が起きたのか。それは僕にもわからない。

未解決のままだ。

これ以上にないくらい怪しく、恐ろしい存在ではないか。

何も言えない僕はもうどうしたらいいのかわからずに、ぼんやりと、こちらを観察する叔父さんの顔を見る。この歳で迷子にでもなった気分だった。

すると、叔父さんはさっきまでの雰囲気から一転して、おどけたような表情で、パン。と話を打ち切るように手を叩いた。

「まぁ、長年の経験から言わせてもらうと、お前が何かよからぬことを企んでるようには見えんけどな。ただ、それでも不可解なのは不可解だ。純粋に、叔父さんとして心配しただけだ」

だからそこまで深刻に考えなさるな。そう締め括りながら、叔父さんはゆるめたネクタイを締め直し、僕に微笑みかけた。

ほんの少しだけ心が楽になり、僕は脱力感を覚えながら、叔父さんを見上げる。

かっちりと着込んだスーツは、やはり刑事といった感じがしてかっこよかった。

「何はともあれ、レイ。無事でよかった。二度あることは三度ある。なんて言葉はあるが、頼むからもうこんなのには巻き込まれないでくれよ」

それだけ言い残し、じゃあなと片手を振りながら、大輔叔父さんは足早に病室を後にした。

しばらくその後ろ姿を見つめていた僕は、ゆっくりと深呼吸して、再びベッドに横になる。

今更気づいたが、ここは僕以外に使用している人がいないらしい。

もっとも、だからこそ、大輔叔父さんもあそこまで事情を話してくれたのだろうが。

横になったまま、さっきの大輔叔父さんの目を思い出す。

心配してくれている。これは本当だろう。だが、それと同時に疑惑を持たれているのも事実だと思う。

何とも複雑な気分だった。

気分を変えたくて窓を眺める。夕焼けで茜《あかね》色に染まる空。

それを美しく思えないのは、ここ数日の出来事のせいで、赤やそれに近い色が嫌いになりつつある故だろうか。それとも……。

改めて腹部の傷を撫でてみた。やはり痛みはない。加えて、椅子で殴られた部位も痣一つなさそうだった。

本当に、僕の身に何が起こったのだろうか？

「やっぱり……〝君〟が関わってるのか？」

窓の向こう側。そこに佇む、黒衣の怪物に話しかけた。

叔父さんは気づくはずもないが、こいつは話の途中からずっと叔父さんの背後――、病院のベランダに立っていた。

人の気配が多い病院だからなのか、怪物はこちらに入って来ることはできないらしい。

ただ窓の向こう側からこちらを見つめてくるだけ。珍しく大人しい。

まぁ、ここでいつもみたいにされたら困るので、ぜひともそのままで……。

なんてことを考えていると、唐突に怪物の姿が消失した。

「……あ」

ヤバイ。そう直感する。この後に起こりうる事態が嫌でも読めてしまい、顔をひきつらせていると、案の定、僕の目の前に怪物が出現した。

誰だ。人の気配が多いから、怪物はこっちに入って来られない――。なんて的外れな推測した奴は。僕だ。

「ええと……。一応、ここ公共の場だから」

当然ながら、怪物には通用しなかった。あれよと言う間に僕は彼女の胸に引きずり込まれていく。

花みたいな香りと一緒に、甘い口づけと、痺れるような快楽を伴う吸血が僕に施される。

これ、医者か看護師が通りがかったら、通報されやしないだろうか。そんな考えがチラリと過ったが、すぐに心配するのはやめた。こうなってしまったら、考えたり、抵抗したりするだけ無駄なこと。

酷い背徳感に苛まれながらも、僕は美しい少女の怪物から逃げることが叶わなかったのである。

結局。その日は大事をとって病院で一泊させられた。

だが、人の気配が消える度に現れては僕に悪戯やらその他いろいろを繰り返す怪物のせいで、ロクに身体を休めることもままならなかったということを明記しておこう。酷い話である。

何はともあれ、僕は人生二度目の殺人事件に巻き込まれるという出来事を経て、奇しくも生き延びた。

――そして。

※

病院から出た僕は、そのまま部屋に荷物だけを取りに帰った。

純也の葬儀が目前に迫っていたので、帰宅の余韻などに浸っている場合ではなかったのだ。

彼の実家は島根にある。始発の電車に揺られた後、人生初の飛行機に乗り込んで約五時間弱。

ようやくたどり着いた現地では、誰もが純也の死を悼《いた》み、嘆き悲しんでいた。遠方にもかかわらず出席した、大学からつき合いが始まったという友人らも大勢いて、彼がいかに愛されていたのかを思い知らされるようだった。

それを見た僕はというと、溢れそうになる感情を抑えるだけで精一杯で、ただその場に立ち尽くしていた。

こんなに早く。あんな死に方をするような男ではなかったはずなのに。

そういったやり場のない想いに拳を握り締めていたのである。

ただ、こうして惜しまれながら送られる純也の様子を見ると、ようやく彼は残酷な事件から解放されたのだとも実感できた。それだけが、唯一の救いだった。

ちなみに、いつもは僕につきまとい、外出を阻止する怪物は、病院を出る頃にまた何故かへ消えてしまい、ここまでついてくることはなかった。

どういう心境の変化だ？　とも思ったが、その時ばかりはそれに感謝した。

今この場で、アイツが誰かに見られるのではないかというハラハラとした感覚に苛まれるのは、絶対に御免だったからだ。

かくして、葬儀が滞りなく終了した翌朝。

予約した安ホテルを出て、もう一度純也の実家に立ち寄った僕は、彼の遺影にもう一度手を合わせてから、元の日常に戻っていった。

特に騒がしくもなければ、楽しくも愉快でもない。

彩りもなく、ただ明日へと沈んでいくような……。そんな灰色の生活へと。

だが……。

「おい、どういうことだこれ」

帰りは高速バスを利用したため、ほぼ二日ぶりに部屋に帰ってきた僕は、そのあんまりな惨状に思わず絶句した。

頬をひくつかせる僕を、怪物はキョトンとした顔で見つめてくる。

僕はゆっくりため息をつきながら、様変わりした部屋を見渡した。

「君がまた居着いてるのは……この際もういいよ。どうして僕の部屋が蜘蛛の巣だらけになってるのか、説明してくれるかな？」

正確には灰色の生活なんてものじゃない。真っ白だった。いろんな意味で。

その元凶たる蜘蛛糸は、主に天井に張られている。

糸はそこからベッドとカーテンの方まで勢力を伸ばし、ちょっとした天蓋のようになっていた。

少し豪華な装飾のようには……間違っても見えない。

何より、僕が一番気になっているのは、張り巡らされた蜘蛛の巣に、どこかで見たような握り拳大の白い繭が三、四個吊るされていることだった。

やっぱりアレは現実だったのか。てことはあの中身は……。

「僕の血……。なのか？」

恐る恐るその繭に指を触れてみる。玩具屋で売っているスライムのような手触りだった。

よく見ると、僕の触れたところが少しだけ赤黒い染みになっている。やはり中身はゼリー状にした血らしい。

臭いがしないあたり、この繭……というか糸は脱臭効果もあるようだ。

もしかしてだが、これは非常食のようなものなのだろうか？　蜘蛛にも餌を貯蔵する習性のあるやつが……いたようないなかったような。

いや、そんな現実の蜘蛛とコイツを比較するなんて無意味なことはこの際止めておこう。わかったことが一つだけ。

「これを構えたということは……君はいよいよここに居着く気なんだね？」

今までもコイツが、ちょくちょくこの部屋を抜け出していたということはわかっている。

僕が人を食していると勘違いしたいつかの映像も、夜な夜なあの棲み家へ行ってはこれを持って帰り、ここで貪り喰っていたのだろう。

だが、今になってその棲み家をここに移動させた。

すなわちそれは、コイツがここから出ていく気を完全に失ったことを意味している。

最初からここに棲み家を構えなかったことは謎だが、少なくとも純也の葬儀に僕が遠出した時、ついてこなかった理由はハッキリした。

コイツはその間にお引っ越しを済ませていたのだ。

思わず乾いた笑いを漏らす僕を無視して、怪物はいつぞやのように我が物顔で、ベッドに腰掛けている。

これはもう、糾弾したところで意味をなさないだろう。

肩をすくめつつ、僕もまた、怪物が来てからは定位置と化したベッドの前に移動した。

テレビを点けると、ちょうど連続猟奇殺人をまとめた特集が組まれている。

画面には京子の顔写真が写し出されていた。

『恐ろしいのは彼らが被害者の遺体をいろいろな形で加工していたことでしてね……』

流石に、内臓で絵を描いていたなんて報道はされなかったか。僕はそんなことを思いながら、複雑な気分で京子の写真を眺める。

京子は今どこにいるのだろうか？

生きているのか、死んでいるのか。僕ですら不可解な理由で死の淵から生還したのだ。彼女もまた、何らかの方法であの場から脱出していてもおかしくはない。

近くにいるのか、遠くにいるのか。

誰かの隣にいるのか。誰にも見つからない場所にいるのか。

全ては謎のまま。ただ、何となく予感めいたものがある。

彼女はまたいずれ、僕の前に現れるのだろう。あの狂気とメスを携えて……。

そんな未来予想図で知らぬ間に身体に寒気がしかけた時のことだ。ふと、襟首を軽く引っ張られて、僕は無理矢理後ろへ振り向かせられる。

怪物の仕業だった。

「……なんだよ」

いつものように彼女は、僕の問いに答えない。

部屋に張られた蜘蛛糸の説明も、あの夜に行われた血の口移しも、そもそも何故僕につきまとうのかも、米原侑子と同じ顔をしている理由も。何一つ。

視線をテレビに戻す。変わらず京子の写真が画面右横に映されていた。

当事者の知り合いにしかわからないことだが、こういった写真のチョイスっていちいち悪意があるよな。なんて感想を抱く。

ニュース番組の中では、普段の京子を知る僕から見ても、随分人相が悪い写真が使用されていた。

勿論それは僕の前で本性を現した時の顔でもなかった。たまたまタイミングと写真映りが悪いものが選ばれたかのような。そんな感じ。

こんなありふれた悪人顔で殺人を実行していたなら、変な話ではあるけど僕も少しは気が楽だったろう。

京子の、あの能面のような無表情は……あらゆる意味で僕の中でトラウマになっている。しばらくは頭にこびりついて離れなそうだ。

再び襟首を引っ張られた。そちらを振り向いても、怪物は黙ってこちらを見つめてくるのみ。

テレビに視線を戻す。また引っ張られた。

構わず無視。引っ張られる。

無視。引っ張る。

無視。引っ張る……。

「ああ〜！　もう！　何だよ！　何がしたいのさ」

結局、僕の方が折れて怪物の方に向き直る。

だが、怪物はこちらを見るのみ。……心なしか満足気な表情をしているようにも見えた。

些細な感情の動きも見分けられるようになってしまった自分に少しだけげんなりしながらも、僕は怪物の言葉を……待っても意味がないので、取り敢えずベッドに腰掛ける。

するとと、待ちわびていたかのように怪物の腕が伸びてきた。

フワリと柔らかい感触が僕を包み込み、甘い香りが僕の鼻腔をくすぐる。

気がつけば、また怪物に抱きすくめられていた。

「おい、離せ。テレビが見れない……っぷ」

思わず起き上がろうとする僕を押さえつけ、まるでテレビを見せまいとしているかのような振る舞いをする怪物。

何だよ。本当に何がしたいんだ？

疑念に眉を顰める僕。するとそこで、テレビの音声だけが僕の耳に流れ込んできた。

『そして、現在最後の犠牲者となっております、阿久津純也さんですが……』

その名前が出た瞬間、僕の肩がピクリと跳ね上がる。

『阿久津純也さんは、山城京子・藤堂修一郎容疑者らと同じ大学に所属していたようでしてね。いやはや居合わせた相手が悪かったといいますか……』

司会進行をする、名も知らぬ芸能人。

解説者ぶるその人の言葉が、僕に容赦なく突き刺さった。

まるで見ないようにしていた事実を掘り起こされるかのような。そんな陰鬱とした気持ちが僕の中に広がっていく。

居合わせた……そうだ。あの時、純也に会わなければ。

好奇心で公園に行かなければ。

もっと穿《うが》った言い方をしてしまえば、純也が僕と知り合ってなければ。

彼は死なずにすんだかもしれない。

今さら何をだとか、それを考えても仕方がないと、事情を知る人がいたら呆れ果てることだろう。

でも、僕はそれを考えずにはいられなかった。

そんな考えをすれば、何よりも純也が怒るであろうことを、僕はわかっているのに。

不意に視界が歪んできた。喉の奥に酸っぱいものがつっかえているかのような。そんな感覚が襲い掛かってくる。

一息入れる間もなくいろいろなことに巻き込まれていたからなのか、神経がずっと張りつめていたからかは知らない。

だが、今僕に降りかかって来ているのは、間違いなく純也の葬儀中や、その帰りのバスの中で押さえつけていた感情の波だった。

それに引きずられたのか、あんな仕打ちを受けた京子のことでさえ頭に浮かんできた。

純也と知り合ったのは大学に入ってすぐ。

京子と知り合ったのは。六月の初め頃。恋人としてつき合った期間に至っては一ヶ月くらいのものだ。

故に、三人一緒に関わったのは、ごくわずかな短い間だった。

それでも。友達と、大好きな恋人との時間は、今まで孤独だった僕にとっては、夢のような楽しい時間だった。

かけがえのないものだったのだ。

それも今は、ない。

純也は死んでしまった。もう二度と会えなくなってしまった。

一緒に遊びにいくことも、バカみたいな話で盛り上がることも、もうできない。

京子も、会えない。もしまた会ったところで、もう楽しくお話するなんて不可能だろう。

そもそも僕と彼女の間には、最初から決定的なズレがあったのだ。

こうして、僕は再び大切な人を失った。

服にわずかに残った線香の香りが。京子の顔写真が。解説者の言葉が。

僕にその現実を突きつける。

その時だ。僕を抱き締めていた怪物の手がゆっくりと僕の背中を擦るように動き始めた。

コイツ自身は、恐らく何の気なしにやった行動なのだろう。

だけど、柔らかい指が僕の背中を優しくなぞる度に、僕は身体が震えていくのがわかった。

ここは、僕の部屋だ。

僕を気遣い心配する叔父さんも、親友も、その死を嘆く彼の両親や彼の知り合いも。かつて恋人だった人も、勘違いした人殺しもいない。

いるのは怪物。ただそこに存在し、何故か僕につきまとう。名前のない怪物だけ。

得体が知れないのに、気心は多少知れている。というのはおかしな話だ。しかし、だからこそ気遣いも、我慢も、片意地を張る必要もないだろう。

今なら……思いっきり泣ける気がする。


そう思った瞬間が限界だった。

友人の死の実感。

多分二度と味わえる気がしない壮絶な失恋。

初めて向けられた、叔父さんからの不穏な視線。

そして言い表しようのない孤独感。

悲しみや悔しさ、寂しさや切なさ。そういった感情がごちゃ混ぜになる。
そんな、心をミキサーにでもかけられたかのような心情の中で。
いつしか僕は、涙と鼻水で無様に顔を歪めながら、ただただ泣きじゃくっていた。
怪物の胸に抱かれながら、いつまでもいつまでも。
涙が涸れ果てるまで慟哭し続けていた。

※

どれくらいの時間がたったのだろうか？
泣きつかれ、いつの間にか眠ってしまったらしい。これじゃまるで子どもだな。
そんなことを思いながら僕はゆっくり目を開ける。
その瞬間、僕の身体は硬直した。
目の前には、見慣れた黒衣の少女が……。いなかった。
かわりに大きな。
子牛か大型犬程の黒い塊がいた。
絡み合う八つの黒い脚。
磨き抜かれた黒曜石《こくようせき》のようにぎらついた輝きを放つ、八つの目。

大きな鋏を打ち鳴らしているかのような音を立てる顎。

怪物が支配の力を行使する度に見ていた、幻覚の中に現れる黒い蜘蛛がそこに実在していた。

とてつもなく大きな。

神々《こうごう》しささえ感じられる程の大蜘蛛だった。

声は……出なかった。ただ、その黒曜石の八つの瞳は、ただ僕をじっと見つめていた。

「君……なのか？」

無意識にそんな言葉が口から出た。

僕がゆっくり起き上がると、蜘蛛は一瞬だけビクリと脚を震わせた。

その脚にも、見覚えがある。

あの時の何倍も大きいが、まるで墨を塗り込んだかのような鉤爪づきの脚は、いつかのエアコンから伸びてきた〝脚〟そのものだった。

こんな奴に襲いかかられたら、きっとひとたまりもないんだろうな。

それが目の前にいるにもかかわらず、僕はそんなことを考える。

いろいろな出来事がありすぎて麻痺したのか、悟りを開いてしまったのかはわからないが、不思議と恐怖心はなかった。

むしろ、謎の高揚感の方が強かった。

ヴェールに包まれていた怪物の秘密を一つ覗き込んだかのような。

それはまるで、コイツが自分の全てとはいわずとも、誰にも見せない一面を僕に見せてくれているかのようで、嬉しささえ感じるほどだ。

だけど、そんな感慨はすぐに引いていき、僕の思考は徐々に冷静さを取り戻す。

何故コイツは、この局面でこの姿になった？

答えはすぐに出た。おぞましくも恐ろしい結論だが、僕は納得した。

僕は人間で。君は怪物だ。だからこの結末は必然なんだろう。

僕が笑みを漏らすと、怪物が顎を遠慮がちに鳴らす。

その様が何故だか可愛らしく見えてしまう辺り、僕も末期だ。

そういえば、初めてコイツに笑いかけた気がする。

そっとベッドから降りて、そばのテーブルに腰掛ける。行儀は悪いが、その方がしっかりコイツの……君の姿を見ることができる。

カーテン越しの月明かりに照らされる怪物。

その八つの目を見つめながら、僕はゆっくりと口を開いた。

「僕を……食べるつもりなんだね」

自分でも驚くくらい滑らかに。その言葉が飛び出した。

蜘蛛は……、怪物は答えない。まぁいつもの通りだが、僕はそれでも苦笑いを浮かべてしまう。

最期くらい話をしようよ。そんな気持ちがあったのだ。

「君から逃げられるとは思ってない。僕が泣こうが喚こうが、君はお構いなしだろうし」

怪物は答えない。

脚が震える。これはやせ我慢だ。どうせ逃げられないなら、綺麗に死にたい。どこぞの馬の骨に殺されたり、事故で死んで知らない人にまで迷惑をかけるよりずっといい。

仮に抵抗して、僕が彼女をねじ伏せたとしても。そうすれば僕の目の前には知っている人の死体が残ってしまう。

自分本意な考えかもしれないが、知り合いの死に直面するのだけは、もう御免だった。

だから……。

しばらくの沈黙が流れる。

そして、蜘蛛はゆっくりと動き始めた。

霧がかかるように蜘蛛の姿が歪んでいる。

僕はそこで覚悟を決め、静かに目を閉じた。

視界が暗闇に包まれる中、僕は伝え忘れていたことを思い出す。

言葉は通じない。けどどうか、気持ちだけでも伝わることを願い、僕は口を開く。

「ありがとう。いっぱい泣かせてくれて。あんなに自分の感情を吐露したのは、多分君が初めてだよ」

僕は、ちゃんと笑えているだろうか？

その瞬間、ヒヤリとした手が頬に添えられた。

——そして。


ニュルリと、僕の〝瞼《まぶた》〟を抉《こ》じ開けて、冷たく濡れた何かが差し入れられた。


「…………は？」

何かだなんてそんなのすぐにわかった。怪物の舌だ。

目を開けると、再び少女の姿に戻った怪物の唇で、右側の視界が覆い尽くされていた。

「な、何をする……はぅあっ⁉」

　自分でもあり得ないくらいのとんでもない声が出た。舌がチロチロと僕の瞳の……多分すぐ横を舐めてねぶってスワープしていく。

　やがて舌は目尻を舐め上げ、再び眼球を。そこから顔を離し、未だに目に残る感触に唖然とする僕の鎖骨へと這い寄るように到達する。

「な、おおおお前！　な、何を……！」

　動揺のあまり上擦った声をあげる僕。そんな僕を怪物は熱っぽい視線で見つめてくる。

　お、驚いた。目を舐められるのがまさかあんなに気持ちいいなんて……ち、違う！　違う違う違う！　そうじゃない！　そうじゃないだろ！

「ね、ねぇ……さっきのシリアスな空気は？　僕の覚悟は？」

　ひきつった顔で問いかける僕を怪物はゆっくりと抱き寄せ、再び僕をベッドに引きずり込む。

　支配の力を使わないのは、僕が逃げないと思っているからなのか。それとも逃げても捕まえられるという自信の現れか。

　いつになく蕩けた眼差しで僕に迫る怪物は、ちょっとした恐怖を感じるくらい積極的だった。

　ああ、そうだよな。ここ京子もいないし、病院みたいに人の気配しないもんな。

僕の部屋だし、ちゃっかり巣も作られてるし。

というか、いつぞやの決別以来、久しぶりに僕の部屋でコイツと一緒にいるのか……。

アレ？　もしかして僕、今とても不味い状況に陥っているのではないだろうか。具体的にはそう……貞操の危機みたいな。

そんなことを呑気に頭で整理していたからだろう。

気がつくと、僕のワイシャツのボタンが上から三つ程、いつの間にか引きちぎられていた。

「ま、まって。待て待て待て待て、ストォオオォップ！　……んぐっ」

かぶりつくような口づけが、僕の思考をシェイクし、溶かして、完全に停止させる。

精神だけではない。怪物はまるで蛇のように手足も舌も僕に絡みつかせ、屈服を迫るかのように僕を追い詰める。

悲しみも、孤独も。悔しさや痛みもまとめて塗り潰すような愛情表現に、僕はただ、嵐に遭った小舟のように翻弄されていった。

僕らの身体が、ベッドの中に沈んでいく。それはまるで抜け出せぬ蜘蛛の巣で睦《むつ》み合う雌雄《しゆう》のように。

……久しぶりに部屋に戻ってきた怪物は、病院の時とは比べ物にならないくらい、それはそれは情熱的だった。

エピローグ

「も、もう、お嫁に行けない……」

ワイシャツのボタンは、あれから更に二個引きちぎられた。くそ……弁償しろこの野郎。

ちなみにいろいろされたが、初めては何とか死守した。自分で言ってて悲しいが。

というか、そもそもコイツにはそんな知識はない……気がする。多分。

そんな辟易した僕を尻目に、現在怪物は大人しく僕の隣に寝転び、人の頬をひたすらつついてくる。

本当にただ甘えたかっただけだったらしい。

まさかとは思うが、あの姿を見せたのも、ただ見てもらいたかったから、なんて理由なのではないだろうか。

深まる疑惑に、僕はもう諦めたようにため息を漏らす。頭が痛くなってきたので、もう難しいことは一旦全部放り投げ、僕は改めて怪物の方へ向き直った。

すると、怪物もまた僕を上目遣いで見つめ返してくる。

……コイツは、怪物は、わからないことだらけだ。

行動は予測がつかないし、何を考えているかも完全には把握しているとは言い難い。

そもそも、しつこいようだが、言葉が通じない。

だけど少なくとも、コイツは僕に対して一定の信頼というか、何らかの執着を抱いている。今までの行動から見ても、それだけは確かだ。

「君は……ここにいたいのか？」

相変わらず返答はない。ただ身体を擦り寄せてくるだけ。これが答えだとでもいうのか。

だとしたら、僕は……。

「君が何なのかは知らない。けど、僕は確かに助けてもらったんだよね。それに……」

死の淵から帰還してから、ずっと考えていたことがある。

怪物が何か想像を越えた常識外れな力を持っているのは、もう疑いようもない。仮定の話だが、僕がまだ見ていない何かがあり、それを使ってコイツが僕の身体を治癒したのだとしたら？

僕に近づいた理由が、何か重大な意味を持つのだとしたら？

少なくとも、僕はあの夜に自分がやられたことを、コイツの秘密を。正体や目的を……解き明かす必要がある。

何よりそれがわかった時、僕と怪物は真の意味でわかり合えるのではないだろうか。

わかり合える。だなんて柄にもないことを考えたところでふと、いつぞやの純也がかけてくれた言葉が脳裏に甦って来た。

人との距離を測りかねていた頃にかけてもらったあの言葉。純也と本当の意味で親友となれた、僕にとって忘れられない言葉だ。

冷淡だと自負していた自分は、アレを機に少しは変われたんだと思う。

『お前は寂しいことの辛さや痛みを知っているんだ。きっと本当は人一倍優しい奴なんだと思うぜ』

……だから僕は、ここにいたいと行動で主張する怪物に、ひとまず歩み寄ってみようかと思う。

少なくとも、蜘蛛の姿になっていたアイツの目は、僕の想像にすぎないかもしれないが、どこか寂しげに見えたのだ。

「君が飽きるまででよければ、僕が一緒にいよう。君にとって有意義かどうかはわからないけどね」

するとと、僕の毒にも薬にもならぬ、中途半端な言葉の何が嬉しいのか、怪物はどこか幸せそうに微笑んだ。

……案外安上がりな奴なのかもな。

「さて、と……」

ゆっくりと身体を起こす。先ずはこいつを知り歩み寄るための第一歩として、今までのことをレポートみたいにまとめてみようか。僕は頷きながら結論づけた。

「題名は……そうだなぁ」

僕は怪物の艶《つや》やかな黒髪を手で解かしながら思案する。

怪物は僕の頬をつつく手を止めて、気持ちよさそうに目を細めていた。

こんな少女の姿をしたやつが殺人犯を圧倒したり、僕を気ままに振り回し、黒い巨大蜘蛛にも変身する謎の怪物だというのだから、おかしな話である。

ああ、そうだ。ちょうどいい、うってつけな題名を思いついた。

「『名前のない怪物』うん、これで書いてみようかな」

かくして、夏の始まりに捕らえられた僕は、夏の終わり――。本当の意味で怪物に囚われた。

それが意味することを僕が知るのは、まだ少しだけ先の話だ。

※

薄暗いホテルの一室で、松井英明は浅い眠りの中から現実に帰還した。ぼやけた視界に入ってくるのは、銀色にひび割れたかのような世界。彼が捕らえられている部屋は天井から床にかけて、ところ狭しと蜘蛛の巣が張り巡らされている。

この世のものとは思えぬその光景に、英明は恐怖に震えながらも……〝高揚していた〟。

誰も知り得ない領域にいることが、彼の好奇心を異常な程に掻き立てる。こんな稀《け》有《う》な体験は他にない。自分が……〝怪物〟に囚われているだなんて。

「……なぁ、近くにいるんだろう?」

ベッドに仰向けの状態で手足を縛られているので、満足に動くことはかなわない。それでも英明は誰もいない天井へ話しかけていた。

すると、不意に彼の身体を甘い痺れが走り抜け、まるで陽炎《かげろう》が立ち上るように、〝褐色の〟巨大な蜘蛛が目の前に出現する。

その瞬間、英明の心は歓喜に満たされた。

「俺は……何をすればいい？」

何も起こらない。残された英明が戸惑っていると、ギシリ、とベッドが軋む音が耳に入る。そこにはいつの間にか、一人の女が座っていた。

道端の石ころでも眺めるかのような冷たい眼差しが英明に向けられる。やがて、女はゆっくりと身を屈《かが》めると、英明の腕を取り、服の袖をまくりあげた。

「おおっ……！」

皮膚を浅く破る僅かな痛みの後に、快楽の奔流が英明を飲み込んでいく。女の瑞々しい唇と、肩ほどまでの少し乱れた茶髪が英明の腕をくすぐっていた。血を、吸われている。そしてその後には明らかに唾液とは違う何かを……。怪物の体液が流し込まれていた。その非日常な状況に、英明の身体は一気に昂っていく。

三十秒にも満たない行為に終止符を打つのは、常に女から。

もっと持っていってくれ、と英明はいつも思う。逃れがたい魅惑の時間は、麻薬のそれによく似ていた。

「……凄く、綺麗だ」

血で汚れた口元を、女が指で拭っている。ただそれだけの仕草なのに、そこには匂い立つような色気があり、英明は素直な気持ちを口にした。腕が心地よく痺れている。

女は褒め言葉には見向きもせず、無言を貫いていた。

それでいい。英明はそう独白して目を閉じる。不自然なくらいに瞼が重たかった。

沼に沈められているかのように意識が闇に落ちていく中で、英明は己の幸福に想いを馳せる。

自分は……怪物に選ばれたのだ。

女の目に明らかな不快の光が灯っているのに最後まで気づかないまま、英明は静かに眠りの世界へと旅立った。

【第一部　完】

※『名前のない怪物』特設サイト公開中！
http://namaenonai-kaibutsu.comにアクセスください。

この物語はフィクションです。
作中に同一あるいは類似の名称があった場合も、
実在する個人・団体等には一切関係ありません。

宝島社
文庫

名前のない怪物　蜘蛛と少女と猟奇殺人
（なまえのないかいぶつ　くもとしょうじょとりょうきさつじん）

2018年3月20日　第1刷発行

著　者　黒木京也
発行人　蓮見清一
発行所　株式会社 宝島社
〒102-8388　東京都千代田区一番町25番地
電話：営業 03(3234)4621 ／編集 03(3239)0599
http://tkj.jp

印刷・製本　株式会社廣済堂

ISBN 978-4-8002-8261-3